Circle

Purtschert Stephan

Wirtschaft-
Psycho-
Thriller

Bibliografische Information der Deutschen Nationalbibliothek:
Die Deutsche Nationalbibliothek verzeichnet diese Publikation
in der Deutschen Nationalbibliografie; detaillierte bibliografi-
sche Daten sind im Internet über http://dnb.dnb.de abrufbar.

© *2013 Name des Autors/Rechteinhabers* **Purtschert Stephan**

Illustration: **Stephan Purtschert**
Übersetzung: **Stephan Purtschert**
weitere Mitwirkende: **Stephan Purtschert**

Herstellung und Verlag: BoD – Books on Demand, Nor-
derstedt

ISBN: 9783744809313

Autor Purtschert Stephan

1.Einleitung

14.November 2017 in Detroit. Eisiger kalter Wind zieht vom Atlantik her durch die Stadt und die letzten beharrlichen Herbstblätter fallen auf den Boden.

Es ist nur noch eine Frage der Zeit, bis die Temperaturen weiter sinken, bis die ersten Schneeflocken fallen und der Winter das Zepter voll und ganz übernimmt.

Um 20.00 Uhr begannen die Detroiter Nächte, ein bekanntes Nacht-und Herbstfestival. Nicht nur die Kälte hat die Stadt im Griff, sondern auch die laute dröhnende Musik an verschiedenen Orten wie am, Little Caecars Arena, Comerica Park, Lafayette Plaisance Park...

Kurz vor 2.00 Uhr in der Nacht sind noch einige hartgesottene Detroiter am Feiern, als Punkt 2.00 Uhr ein lauter dumpfer Knall für kurze Zeit die andauernden Festivalgeräusche unterbricht, genau an der Ecke Kirby Street und Beaubien Street am Peck Park.

Dann, alsbald eine grosse Staubwolke in die Höhe schoss und die Nacht vor Ort in absolute Dunkelheit tauchte.

Direkt, und in der Nähe des Ereignisses, suchten die Menschen panisch den Schutz in und um den Gebäuden.

Die Staubwolke zog sich mit dem Wind nach westlicher Richtung hin. Nach einigen Minuten erklangen die Sirenen der Polizei, Feuerwehr und der Sanität.

Am 15.November um 1.00 Uhr in der Nacht, fährt Francis Tenner erleichtert, aber tiefst plagendem Gewissen, mit leicht überhöhter Geschwindigkeit auf dem Highway 94 Richtung Chicago.

Am 15.November um 2.28 Uhr nimmt endlich der Kriminalinspektor Jean Kavalerie der Detroiter Polizei, bei fluchenden Worten, den Hörer neben dem Bett auf dem Nachttisch von der Gabel ab.

Am 15. November um 3.08 Uhr sitzt erstarrt Jim Stayli von der Bläckybank&Investchase Groupe vor dem Fernseher, als der Westernfilm durch die aktuellsten Nachrichten unterbrochen wurde.

Die Gedanken schossen nur so durch den Kopf, als er die Zusammenhänge begriff, als die Reporterin über den Einsturz eines Wohnblockes in direkter Nähe vom Peck-Park in Detroit berichtete.

Komplett einen Anschlag auszuschliessen ist zurzeit nicht möglich, sprach die Reporterin weiter, aber man geht davon aus, dass der alte marode Block aus dem 18. Jahrhundert von selbst in sich zusammenstürzte.

Jim empfand ein Gefühl von Wut und Erstaunen als aus seinem Mund der Satz klang.

„Verdammt noch mal, Das kann doch nicht wahr sein, unmöglich."

15.November um 6.55 Uhr morgens. Don Brenner sah die neusten nationalen und internationalen Nachrichten beim Kaffee sitzend, schon Berufswegen, als ihm ein ungutes Gefühl bei der Berichterstattung über das in sich zusammengestürzte Gebäude in Detroit erschlich, woraufhin er kurzerhand Jim Stayli anrief.

15.November um 7.12 Uhr morgens. Versucht Wany Sommerset, CEO von der DCNight Chase&Co vergeblich Don Brenner anzurufen, da vorweg das Besetztzeichen erklingt.

2.Sen Kanter

Samstag, der.4.November, fünf Uhr. Sen Kanter ,32 Jahre alt, dunkel-schwarze Haare, drahtig, schlank und gutaussehend, bereitet sich, wie jeden morgen früh zur Arbeit vor, wie die meisten Leute auch, nur heute ist Samstag, er muss einige Überstunden schieben.
Vor dem heissen Kaffee sitzend in der Küche, draussen stockdunkel, fragt er sich warum er nur so früh geheiratet und Kinder bekam. Seine Antwort beruhigte ihn, denn er liebte seine Frau und seine 3 Kinder, James, Tanja, und Seigar.
Was ihn aber am meisten belastete, waren immer die gleichen monotonen Arbeiten, immer die gleichen Bewegungen und Arbeitsabläufe, zudem war sein Kopf immer leer, da er keine Überlegungen, Gedankengänge usw. bei der Arbeit vollzog.
Ihm kamen die Fliessbandarbeiter im 19+20 Jahrhundert in den Sinn, wobei das heutige Gesundheits- und Arbeitsamt, sogar die Gewerkschaften mitteilten, wie grosse Fortschritte und Errungenschaften hinsichtlich Arbeit, Sicherheit und Arbeitsmoral in der heutigen Zeit unternommen wurde.
Mit diesen Argumenten wurde die Bevölkerung durch die Politik abgespeist, mit dem Irrglauben, die Leute wären so dumm.
Was sagen, oder meinen denn die

heutigen Experten, zu dem heutigen alltäglichen Stress? Das Gleiche mit den ewigen versteckten Steuererhebungen für den kleinen Mann.

Bei diesen frustrierenden Gedanken konnte er nur innerlich fluchen, steckte sich eine Zigarette an, mit dem Bewusstsein, dass er gerade noch mal vom Staat abkassiert wurde, wobei seine Gedanken automatisch zum Thema Rauchen kamen.

Rauchen wurde bestraft, mit bestem Gewissen Tabaksteuern vom Staat erhoben. Ja genau die Raucher, verursachen riesige Gesundheitskosten durch ihre Krankheiten. Rauchen ist tödlich und verkürzt das Leben um einige Jahre.

Aber im Gegenzug wird nicht erwähnt, dass durch diese sogenannten Raucher, durch frühzeitiges ableben, natürlich am besten gerade nach dem Rentenalter, keine Alter- und Pensionsleistungen über Jahre hinweg beziehen.

Irgendwann werde Ich Sen Kanter es schaffen aus diesem Job auszubrechen, wie er dies aber anstellen möchte, ist ihm, immer noch ein Rätsel.

Ja, Bücher kaufte er, nicht wenige, wie zum Beispiel mit den Titeln: Vom Tellerwäscher zum Millionär, Gold suchen an den bekannten Orten der USA, als Kläger durch einen Anwalt reich werden.

Wie die Geschichte mit der Frau, welche die unterkühlte, fast eingefrorene Katze in die Mikrowelle schob um sie aufzuwärmen.

Den Knopf Durchgaren drückt, später erstaunlicherweise den Tod Ihrer Katze feststellte, und dazu skrupellos die Ambulanz

alarmierte.
Wobei die Sanitäter kopfschüttelnd eine tote Katze in der Küche vorfand.

Anschliessend wird das ganze fachmännisch protokolliert, der Frau für 2000 Dollar in Rechnung gestellt, wobei die ärgerliche Frau, umgehend den Anwalt kontaktiert, welcher wiederum eine Klage einreicht.

Die Frau bekommt durch den Verlust ihrer geliebten Katze eine Abfindung mit einer 6-Stelligen Zahl.

Das Urteil wurde dahin begründet, dass keine Warnhinweise in der Bedienungsanleitung standen für die Katze.

Als ob die Katze lesen könnte.

Sen kam natürlich gleich der Gedanke, er könnte mit einem Hund dasselbe tun und das grosse Geld verdienen, bis er in der neusten korrigierten Bedienungsanleitung sah, mit dem Allgemeinbegriff, keine Tiere ...

Er vollzog noch viele Gedanken, brachte noch viele Ideen zu Stande mit der Mikrowelle und anderen Küchengeräten, ja er hatte auch genügend Zeit während seiner verdammten monotoner Arbeit.

Wobei er feststellte, dass Sen seine Frau Sarah, mürrisch machte, mit seinen vielen fixen Ideen mit den Küchengeräten, Mikrowelle, Mixer, Kochherd, Geschirrspüler, Maschinen aus dem Handwerkerbreich, um Reich zu werden.

Es gab mal eine andere Zeit im Leben von Sen Kanter, in den jungen Jahren, wo er gradlinig auf dem aufsteigenden Ast war, mit der Zukunft einer

genialen Sportkarriere, mit der Lieblingssportart Nr.1 in Amerika.
Die Chance berühmt und reich zu werden waren so nah, so nah, sogar sehr nahe.
Seine Träume im finanziellen Bereich zu erfüllen mit schnellen Autos, Villen, Reisen wohin er will, einkaufen was er möchte. Sah sich schon mit einem roten Lamborghini. Würde die Strassen verunsichern und an er Küste im Abendlicht entlang driven mit einer schönen Frau zur Seite, dazumal wie heute, natürlich mit Sarah.
So schnell wie er den Ast bestieg, umso schneller stieg er den Ast wieder runter, besser gesagt er fiel mit rasantem Tempo, der direkten Linie im freien Fall.
Dazumal war Sen unglaublich sportlich und im American Football eine Ass.
Er war drahtig, wendig, biegsam, schlieferig wie ein Aal, strotzte nur so von Energie.
Die 100 Meter rannte er unter 12 Sekunden.
Die Football-Mannschaft Boston Racer gewann in Dallas vor 8000 Zuschauer die nationale Jugendmeisterschaft gegen die Chicago Bulls.
Er, Sen als Quarterback, führte und dirigierte die Mannschaft mit Elan und brachte den Erfolg im Final in letzter Sekunde.
Sogar die Medien waren beim Finale zu Gegend, was nicht üblich war bei der Jugendmeisterschaft im American Football. Schrieben kleine Artikel in den National bekannten Zeitungen wie; The Boston Globe,

The Dallas Morning News, New York Post...
In der Bostoner Zeitung, The Boston Globe, schaffte
es die Mannschaft auf die Titelseite mit Fotos.
Eine ganze Seite wurde im Sportteil verwendet,
wo der phänomenale Sieg der Bostoner Racer zitiert
wurde, mit etlichen Bildern.
Sogar eine Nahaufnahme mit Sen Kanter, wie er den
Pigskin, im letzten Moment ins End setzte.
Talentsucher der American Football Branche waren
schon längere Zeit auf Sen aufmerksam geworden,
aber mit dem Finalsieg kam schlussendlich der
Durchbruch.
Etliche Offerten und Angebote von Mannschaften
der Profileague füllten seinen Briefkasten, mit
finanziellen Zusagen wovon Sen nur so Träumen
konnte.
Sportagenten und dubiose Geschäftsherren
klingelten an seiner Tür und besuchten ihn
willkürlich zu Hause auf.
Sarah bewunderte Sen, kam wann immer möglich zu
jedem Spiel.
Seine Schulkameraden und Schullehrschaften
feuerten ihn an.
Sarah war komplett das Gegenteil von Sen.
Sarah war Intelligent, Intellektuell, kreativ und die
Klassenbeste, was man von Sen nicht sagen konnte.
Er war der Klassen Schlechteste, nur der Sport
zählte.
Sarah mit ihren funkelnden, intelligenten blauen
Augen, grossen Wangenknochen, schwarz rötlichen
Haaren, 1.78 Gross und einer Figur eines Models.

Zwischen Sen und Sarah funkte und sprühte es nur so von Liebe und Zuneigung.
Das Vorzeigetraumpaar in der Jugendzeit in Amerika.

Eine Woche später nach dem Finalspiel in Dallas, platzte dann die Bombe, als Sara am Abend im Bistro, Sen mitteilte, sie sei seit einem Monat Schwanger.
Sen verschlug es zuerst die Sprache, war aber trotzdem zuversichtlich, da er trotzdem seine Sportlerkarriere fortführen konnte und somit finanziell abgesichert war.
Bis dann die zweite Bombe platzte, als er gerade mal zwei Wochen später, durch Dummheit einen Baum bestieg und hinunterfiel.
Sen erlitt drei komplizierte Brüche mit mehreren Sehnenrissen an beiden Beinen, was zur Folge hatte, dass er jetzt immer noch leicht humpelte.
Durch zwei schwere körperliche und emotionale persönliche Treffer leitete er das Ende seiner Sportkarriere durch unvorhergesehenes Eigenverschulden selbst ein.
Es war eine schwere Zeit für Sen, zum ersten Mal musste er in seinem Leben eine schwere Lebenskrise überwinden. Er war ganz unten angelangt.
Er wurde Vater, ohne Ausbildung und musste sich zwangsläufig einen Job suchen, um die zukünftige Familie zu ernähren.
Von ganz Oben, im Sturzflug nach Unten.
Sen brauchte eine lange Zeit, Dies zu Verdauen.

Zudem machte Amy Sorotto, die Mutter von Sarah, ihm die Hölle heiss bis zum heutigen Tag. Amy verlangte die Abtreibung, wobei Frau Sorotto bei ihrer Tochter auf Granit stiess.

Frau Sorotto konnte mit Sport gar nichts anfangen, akzeptierte Sen nur so lange, wie Sen erfolgreich war, mit der Zukunft auf Geld und Ruhm. Frau Sorotto wollte und bestand darauf, dass ihre begabte Tochter, auf eine der angesagten Eliteuniversitäten im Lande ging, was ihr immer verwehrt war.

Sarah besuchte dann auch tatsächlich eine Universität, für fast ein halbes Jahr, als sie alsbald zum zweiten Mal schwanger wurde. Frau Sorotto konnte es nicht fassen und in beiden Familien eskalierte sich die Situation.

Zwischen der Mutter und der Tochter tat sich ein grosser Spalt auf, sprachen auch eine lange Zeit nicht mehr miteinander.

Zum guten Glück war der Vater von Sarah, das pure Gegenteil von seiner Mutter, nahm die Situation Gelassen an, wie die Eltern von Sen, und unterstützten ihn in allen Bereichen.

Sarah war ein Schatz, gab ihm Kraft und Mut bis zum heutigen Tag, um einen neuen Weg einzuschlagen.

Diese Gedanken schossen Sen durch den Kopf, erblickte halbwegs die Uhr an der Wand und erwachte aus seinen Tagträumen.

Er war absolut zu spät dran. Sen raffte sich mit einem Ruck vom Stuhl auf, packte den Schlüsselbund vom Tisch, trat durch die Tür aus dem Haus, als ihm die eisige Novemberkälte wie eine Faust ins Gesicht schlug.

Draussen stand sein frisierter 600 PS starker Ford Mustang, überdacht von einer Balkenkonstruktion, wo er vor einigen Wochen angefangen hatte zu bauen. Die grosse zukünftig beheizte Garage fungierte als Werkstatt und als Zuhause, für seinen Ford Mustang.

Nach seinem Aus, im Sport, fand er bald ein Hobby: tüfteln, frisieren und basteln an seinem alten, dunkelblauen Ford Mustang, Jahrgang 63. Dieses zeitraubende Hobby, verringerte seine Frustration in der schweren langen Zeit und hielt ihn über Wasser.

Sen startete den frisierten starken Motor, im Verdruss seiner Nachbarn, mit der Wirkung, dass am frühen Samstagmorgen, die Lichter teilweise in den Häusern im Strassenzug angingen.

3. Dr. Karl Westermann

Am 3 November, kroch schwerfällig Karl Westermann, Topmanager und CEO der Deutschen Spar&Anlagenkasse, aus seinem Bett.

Das Meeting in London mit anschliessendem Essen mit Wein bis spät in die Nacht hinein, setzte ihm zu.

Karl Westermann, 56 Jahre, brauchte eine Weile bis er feststellte, dass er sich im Hilton Hotel befand, spürte noch den Alkohol in seinem Körper, welcher sich langsam aus seinem Körper wand.

Er war seit genau 10 Jahre an der Spitze der Bank, dazumal mit 46 der jüngste CEO in der Geschichte des Konzernes.

Er war geradewegs gesagt, ein Vollblutbänker mit zwei Doktortiteln in Wirtschaft und Recht.

Karl ein Energiebündel, schlank, gross, smart, gutaussehend, markante Gesichtszüge, vorstehendes Kinn, dunkle pechschwarze Haare.

Durch seine legeren, smarten Bewegungen und Aussehen, schätzten die Leute sein alter viel Jünger ein, wobei ferner, zahlreiche Angebote der Frauen nicht ausblieben.

Trotz Heirat, nutze er seine Macht und sein Aussehen aus, für körperliche Liebe, was teils zu komplexen Verstrickungen führte.

Dr. Westermann, brachte die Bank innerhalb einem Jahr mit Riskantem Know-how, wieder in die schwarzen Zahlen, und somit wieder auf den richtigen Kurs und an die Spitze Deutschlands.

Nicht nur Dies, sondern die Bank erzielte jedes Jahr steigend Milliardengewinne, der Umsatz stieg enorm, der Aktienkurs schoss in die Höhe, was wiederum die Anleger freute.

Karl Westermann war einfach ein Topmanager und ein Genie seines gleichen.

Er fragte sich manchmal ob der Wahnsinn grösser war, als seine Genialität.

Seine wiederkehrenden Alpträume beschäftigen Karl immer mehr. Immer der gleiche wiederkehrende Traum, wo er in einem Casino, ganz klein, so gross wie eine Schachfigur, in einem Roulettetisch, genau gesagt im Roulettekessel stand. Die Roulettekugel machte ewige Kreise, bis tatsächlich die Kugel mit grossem Tempo auf ihn zuraste und ihn mitriss. Er landete mit samt der Kugel auf die Zahl null, wobei das Zahlenfeld nicht grün war, sondern rot.

Er interpretierte den Alptraum als schweren geschäftlichen, sowie auch privaten Niedergang.

Als Null sah er sich selber.

Die Null stand Symbolisch zum Beispiel, für kein Verdienst, kein Gewinn, kein Ruhm und Anerkennung...

Das rote Zahlenfeld, bedeutete, die Bank stand in den roten Zahlen.

In der Realität war es nur ein Albtraum, nicht mehr und nicht weniger, er sah einfach die Tatsachen und Fakten wo er heute stand, auch wenn er wissentlich, vielmals über das Ziel hinausschoss.

Dies war seine Persönlichkeit und Dies zeigte sich am Erfolg, keine Frage, für innerliche Diskussionen.

Nicht nur der Verwaltungsrat, sondern auch von Berufskollegen in den höchsten Positionen anderer internationalen Konzernen, besass Dr.Westermann sehr grosse Anerkennung, abgesehen von den vielen Neidern, welche zahlreich vorhanden waren.
Karl genoss das grosse Vertrauen des Verwaltungsrates und der Anleger, erhöhte somit jedes Jahr seinen Lohn selber, welcher jetzt bei 60 Millionen im Jahr stand. Karl konnte agieren, tun und lassen was er wollte, und den Konzern führen wie es ihm beliebte, er hatte absolute Freiheit.
Sein eigenes Vermögen setzte er an der Börse ein, in dem Wissen, dass die Aktienkurse stiegen, da er skrupellos die Börse manipulierte und unerlaubtes Insiderwissen zu Hilfe nahm, wobei er sogar die Insider selbst manchmal manipulierte für seinen Vorteil und Gewinn, da kannte er nichts.
Zusätzlich mit den grossartigen Gewinnen vom Circle, wurde Dr.Westermann wirklich reich, dank Don Brenner, das Vorbild und Finanzgenie aller Zeiten.
Karl liebte die Macht, das Geld, den Luxus, Frauen, Wein. Aber seine grösste Schwäche war das Gold.
Er hatte sogar neben seinen gutbetuchten Weinkeller, einen riesigen begehbaren Tresor in seine Villa bauen lassen, nur für sein allerliebstes Gold.
Er sammelte Goldbarren, Münzen, Schmuck usw. mit teils historischem Hintergrund von versunkenen Fregatten aus dem Mittelalter, aus der Römer und Nazizeit und anderen Zeitepochen.

Sowie auch Skulpturen, Statuen, Bilder, Vasen, jegliche Kunstschätze aus Gold aus aller Welt. Seine Sammlung nahm eine unglaubliche Dimension an, er dachte schon über einen zweiten Tresorraum nach.

Zahlreicher Goldschmuck trug Karl an seinem Körper, im Wert um die 45 000 Dollar, je nach Goldkurs und Anlege, wobei er nie ohne Diesen aus dem Haus ging.

Ein Ritual, ohne Gold läuft nichts, dachte er manchmal.

Er gestand sich durchaus, dass er das Gold mehr liebte, als seine eigene Frau.

Wenn Karl sich entscheiden müsste für das angesammelte Gold oder seiner Frau, würde er sich für das Gold entscheiden, die Sexualität konnte er sich anders wo beschaffen. Die Liebe, stellte für ihn eine Schwäche des Menschen dar. Für ihn galt schon seit jeher der Profit und die Macht an der obersten Stelle.

Seine Frau, betrachtete er eher als ein Muss in seiner Position, obwohl er mit seiner Frau, zwei Kinder zeugte, welcher Karl selten sah. Auch in der Erziehung seiner Kinder spielte er keine Rolle, da er die meiste Zeit abwesend und im Ausland war.

Während Karl seine Hose anzog, klingelte sein Handy in seinem Jackett. In akrobatischer Stellung nahm er das Gespräch entgegen, wobei er sich weiter anzog.

„Hallo Karl, hast du gut geschlafen? Um es kurz zu halten, es gibt schlechte Nachrichten Betreff dem Jet, unglaublich aber wahr, die Elektronik ist ausgestiegen, das Flugzeug ist nicht mal ein Jahr alt.“

Samuel D. Jeffri war der Pilot. Mit ihm hatte er den Ultra Long Range Jet die Gulfstream G550 ausgesucht für die deutsche Bank, mit einer Reichweite von über 12 000 Kilometer.

Wie es seine Art war, wurde das Flugzeug mit jeglichem Komfort und Luxus ausgestattet, welches auf dem Markt zu kaufen gab, ohne Limitkosten.

Der Konzern zahlte ja. Samuel und Karl wurden dicke Freunde, da sie doch etliche Zeit durch das Fliegen und Reisen miteinander verbrachten als mit den eigenen Frauen. Karl bestimmte wer den Jet benutzen durfte.

„Samuel erzähl mir keinen Scheiss", Ausdrucksweise, welcher Samuel selten von seinem Chef hörte.

„Du weisst, ich habe ein sehr wichtiges Treffen am nächsten Tag in Boston, wobei ich nicht fehlen darf. Der Jet muss startklar sein", ihm fiel sogleich der Brief ein, welcher per Express in sein Büro verschickt wurde vom Präsidenten des Circles, zugleich Verwaltungsratspräsident der Bläckybank, mit der Mitteilung hohe Priorität, am Anfang der Seite gross in seiner verhassten Farbe Rot geschrieben.

„Ich weiss, ich weiss, was soll ich tun, habe den Hersteller angerufen und habe ihnen Dampf gemacht, sie schicken ein Team welche die Reparatur vornehmen."

„Samuel, wann genau schicken sie das Reparaturteam?"

„Verdammt, ganz genau nach der Uhrzeit habe ich nicht gefragt."

„Samuel gib mir die Telefonnummer vom Hersteller, ich werde Diesen sofort anrufen und dir dann mitteilen über das weitere Vorgehen, es ist unheimlich wichtig. Ich darf die Sitzung in Boston auf gar keinen Fall verpassen."

Nach nachdrücklicher Kommunikation mit dem Hersteller, wobei er vorher die Sekretärin schroff zurechtwies, und klar machte wer überhaupt am Telefon war, wurde er direkt zur Führung geleitet. Es wurde vereinbart, dass per sofort ein Reparaturteam nach London geflogen wurde und versprochen die Golfstream spätestens in einem Tag Abflugbereit war.

Er wählte die Nummer von Samuel" Soweit ist alles klar" und gab ihm die Informationen weiter.

„Ich hoffe du hast in dieser Zeit einen Privatjet gemietet?"

„Tut mir leid Chef, konnte keinen Einzigen organisieren, da anscheinend an diesem Wochenende überall Events stattfinden und die Privatjets für Langstrecken ausgebucht sind."

„Ich hoffe die Pechsträhne hält nicht den ganzen Tag an", gab verärgert Karl zur Antwort.

„Ich habe dir einen Platz in der Firstclass bei der American Airlines reserviert, nach Boston."

„Also gut geht nicht anderweitig, muss halt so sein. Jedenfalls Samuel bleibst du in London und fliegst mit der Golfstream so bald wie möglich hinterher, auch nach Boston. Ich möchte, dass der Jet wieder voll zu meiner Zufriedenheit verfügbar ist."

Dr. Westermann war auf dem Flughafen London Heathrow angelangt, hatte grösstenteils den Check IN hinter sich, stand nun in der Menschenschlange vor der Sicherheitsschleuse.

Stellte sein Businesskoffer auf das Förderband, durchlief die Schleuse, als gleichzeitig das Warnsignal erklang.

Er zog seine goldene Halskette und seine goldene Uhr ab, woraufhin Karl wieder die Sicherheitsschleuse durchschritt, wobei wieder das Warnsignal angab.

Er zog aus seiner Hosentasche, seinen Glücksbringer, einen kleinen Goldbarren aus der Tasche, und zog die goldene Fusskette ab.

Hinter sich vernahm er das beginnende Flüstern der Leute.

Durch mehrmaliges durchlaufen der Sicherheitsschleuse mit dem gleichen Resultat, wurde der junge Sicherheitsbeamte nervös und sprach kurzentschlossen in seinen Funk hinein, wo folgend zwei Sicherheitsbeamte auftauchten und somit Herr Dr. Westermann angewiesen wurde, Diese zu begleiten, zu einem Kontrollraum.

Nach etlichen Diskussionen und einer Leibesvisitation, wo nochmals etlicher goldener Schmuck, zum Erstaunen der Beamten zum

Vorschein kam, telefonierten die Beamten mit ihrem Vorgesetzten, welcher den nächsten Vorgesetzten anrief, bis das Telefonat zur Direktion der Zollbehörde gelangte.

Die gleichen Telefonate gingen folglich rückwärts, wobei sich die Beamten per forma bei Dr.Westermann entschuldigten, mit der Begründung der Sicherheit und Schmuggel usw..

Jedenfalls musste Karl, eine Sicherheitskaution von 10 000 Dollar hinterlassen, welche er nach der Rückreise in London erstattet bekam, wenn die aufgelisteten Gegenstände alle samt vorgewiesen würden, ansonsten ging er das Risiko ein, zusätzlich zu den 10 000 Dollar Zollkosten, eine saftige Busse zu kassieren, welche um das X-Fache der Summe war.

Diese Abmachung wurde von der Zolldirektion Angewiesen, mit der Rücksicht Betreff der Position die Dr.Westermann innehatte, ansonsten wäre die Angelegenheit anderweitig abgelaufen.

Karl zahlte somit innerlich fluchend die 10 Tausend Dollar mit der Kreditkarte. Mit rotem Kopf konnte er als Letzter, endlich die Maschine betreten, wo er nebenbei, gleichzeitig in dem Lautsprecher vernahm, dass sich der Flug wegen technischen Problemen nach Boston, um über eine halbe Stunde verspätet.

Zuerst schüttelte Karl den Kopf, bis er nach kurzem Nachdenken den Zusammenhang der Durchsage realisierte, dass die Verspätung nicht wegen technischen Problemen, sondern vermutlich er selber der Grund war.

Er lief dann schnurstracks durch den Gang des Flugzeuges, wo die Passagiere ihn mit kopfschütteln und wütenden Blicken ansahen in die Firstclass, mit den Gedanken, leck mich doch alle am Arsch.

Karl nahm Platz, schnallte sich an, während das Flugzeug zur Startpiste rollte und die Stewardessen die üblichen Sicherheitsvorkehrungen und den Notausstieg erklärten, kurze Zeit später erreichten sie die maximale Flughöhe.

Karl ergriff zu aller erst die Weinkarte, freute sich auf einen vorzüglichen Wein, nach dem Stress mit den Zollbeamten, als er feststellte, dass nur Fusel angeboten wurde.

Er kontaktierte gleich die Stewardessen, um nachzufragen, ob nicht noch anderer Wein vorhanden sei ausserhalb der Liste der Bordkarte.

Schlussendlich, nach einer Reklamation, immer noch mit rotem Kopf, sass er wohl oder übel in Gedanken versunken mit einem Glas Rotwein da. Die ganzen Umstände waren zurückzuführen Betreff des defekten Jets, der Hersteller und der Verkäufer würden noch was erleben.

Früher flog er beruflich immer mit den Passagierflugzeugen, wo er dazumal noch nicht diese Position inne hatte, aber mit der vielen Arbeit, Verantwortung, Zeitdruck und dem Stress als CEO einer der grössten Banken der Welt war ein Privatjet absolut nötig. Zudem brachte er in den alten Zeiten, wo die Vorschriften der Fluggesellschaften nicht so rigoros gehandelt wurden seinen eigenen Wein an Bord.

Er beschloss, ohne Wenn und Aber, eine Zweite, noch grössere Maschine mit noch mehr Luxus zuzulegen.

4. Don Brenner, Jim Stayli und Jep Den Wipperis

Finanzgenie, Finanzakrobat und CEO
der Bläckybank&Investchase Groupe Jim Stayli
wachte während Dr.Westermann schon im Flugzeug
Richtung Boston war, im Luxuspenthouse der Firma
im 110 Stockwerk in New York auf, erblickte die
Uhrzeit und kam kurzerhand in Stress.
Er schob die Beine und Arme, der drei 1000 Dollar
Nutten zur Seite, um aus dem runden Bett mit den
vier Metern grossen Durchmesser zu kriechen,
wobei kurzerhand seine Geliebten der Nacht
aufwachten, um ihn gleich wieder ins Bett
zurückziehen.
Er hatte jetzt keine Zeit für Spielereien und warf
kurzerhand die protestierenden Frauen aus der
Wohnung.
Die Damen hatten ihre Arbeit verrichtet und ihn vor
den Albträumen dieser Nacht bewahrt.
Jim Stayli war Sexsüchtig, ohne tägliche Befriedung,
konnte er keine Geschäfte vollziehen, da ansonsten
seine Gedanken jeweils zur sexuellen Lust
abschweiften.
Danach rannte er durch das Zimmer eher einer
Turnhalle gleich, Richtung Marmor bestücktem
Duschraum.
Während das warme Wasser über seinen Körper lief,
fragte er sich immer wieder was es mit dem Treffen
in Boston auf sich hatte, wobei seine Gedanken

zwischendurch zu den sexuellen Aktivitäten letzter Nacht abschweiften.

Verdammt, konnte der Verwaltungsratspräsident Don Brenner von der Bläckybank sowie vom Circle, ihn nicht gleich persönlich informieren. Wieso machte er so ein Geheimnis daraus. Er war immerhin der CEO eines der grössten Finanzinstitutes der Welt, und nicht irgendein Schalterangestellter der Bank, einfach unbegreiflich. Es wurde ihm lediglich der gleiche Expressbrief wie zu den anderen 30 Mitgliedern verschickt. Einfach unglaublich, da sie sich mehrmals im Firmenhauptsitz trafen bei der Arbeit, Besprechungen, Sitzungen oder beim Mittagsessen. Warum sollten sich die Mitglieder vom Circle, nach einem Monat schon wieder treffen, welches in Boston um 14.00 Uhr stattfand. Irgendwas war hoch brisant, er sah es an den Gesichtszügen von Don Brenner an, wenn er danach fragte und keine Antwort erhielt.

Jim Stayli war der Nachzögling von dem bekannten Investmentguru und alternden Don Brenner, alternd ist eher falsch ausgedrückt, da er schon das Alter von 84 Jahren erreicht hatte.

Don war noch einer der wenigen Legenden der alten Garde und Schule der Finanzindustrie der Welt. Don wurde auf Jim Stayli durch die Presse aufmerksam, wo ein grosser Artikel auf der Hauptseite der Wirtschaft über ihn stand, wie er eine noch nicht so bedeutende kleine Privatbank, nahe am Bankrott, zu einem florierenden Stern im

Finanzhimmel bugsierte.

Dazu wurde erstaunlicherweise, die Bank, noch an die New Yorker Börse geführt, wobei die Aktie, rundum gesagt, mit Hilfe der vielen positiven Presseberichten, nicht unbeachtlich in die Höhe schoss.

Interessanterweise brach das Tageshoch der Aktie nicht ein und konnte sich halten.

Einfach lächerlich dachte sich Stayli, was glaubte Don Brenner wer er war, um was ging es überhaupt an diesem Treffen fragte sich Jim ein weiteres Mal, er konnte nicht mehr abschalten, er regte sich gleich wieder auf, als er sich schon wieder erwischte, als er die gleiche Frage an sich selbst stellte.

Kurzerhand stellte er das Wasser ab, kam in Bewegung, rutschte aus, konnte kurzerhand noch sein Gleichgewicht behalten um nicht noch neben den Türrahmen in die Wand zu knallen.

Das brauchte er allerdings nicht, einen Unfall zu bauen, zu sehr war die Wichtigkeit des baldigen Treffens in Boston.

Das wurde klar, durch das Verhalten, von Don Brenner.

Er rannte zum begehbaren Kleiderschrank und zog Gedankenverloren seinen blauen Anzug an.

Fluchte, als er feststellte, dass er eine rote Hose vom letzten Nachtausflug im Ausgangsviertel, respektive im Vergnügungsviertel, oder genauer gesagt im bekannten Rotlichtviertel von New York angezogen hatte und die Nutten zu sich nach Hause brachte.

Kurzum wechselte er seine Hose. Rannte vor der

grossen Fensterfront mit atemberaubender Aussicht über den Finanzdistrikt zum Atlantik hin und der bekannten Freiheitsstatue vorbei, keine Zeit für einen Blick, und verliess keuchend und schwer atmend das Penthouse durch die Eingangstüre.
Mit dem Lift unten angelangt, sah er schon durch die Drehglastüren die wartende, grosse schwarze Limousine.

Der Chauffeur stieg aus, begrüsste ihn und hielt Jim Stayli die Wagentür auf, wobei Dieser nickend einstieg.

Jim Stayli musste jetzt sein Kopf freimachen und schaltete automatisch seine Geschäftssinne ein.

Zuerst begrüsste er lächelnd Don Brenner, und dann Jep Den Wipperis von der Bank Schremsi, welche anscheinend schon genüsslich in den Händen wippend ein Glas Champagner hielten.

Ihm wurde sogleich auch ein Glas von Don Brenner angeboten, welches er dankend abwies.

Er hielt nichts davon, Alkohol vor beginnenden Konferenzen und Geschäften usw.... zu trinken.

Schon gar nichts von Champagner, welches die Nutten zu Hauf in sich hineinschütteten, er nannte das Getränk Nuttendiesel.

Wenn er trank, nur einen französischen Bordeaux nach einem erfolgreichen Geschäft mit seinem engsten Mitarbeiterstab, wobei es ab und zu, auch vorkam, dass der ganze Mitarbeiterstab vom Wolkenkratzer zum Genuss kam.

Er fand die Angestellten sollten direkt erfahren wann ein Erfolg erzielt wurde, nicht erst an Weihnachten mit einer Gratifikation.

So gab es abermals die Situation, dass sogar die Rezeption und die Reinigungskraft vom edlen teuren Wein trank.

Die Sicherheitsbestimmungen vom Staat interessierten Jim Stayli nicht, wenn Top Resultate erzielt wurden, musste man die Leute belohnen, ganz klar für ihn, keine Frage, auch wenn die Mitarbeiter manchmal angetrunken nach Hause kamen. In den unteren Abteilungen wurde teilweise gemunkelt, dass allgegenwärtig in der Führungsetage getrunken wurde, was aber nicht stimmte.

Don Brenner konnte jedenfalls kein Gefallen daran finden, er fand eher Jim übertrieb es und ging zu weit damit. Jim gab Don, immerzu die gleiche Antwort, freue dich einfach, wenn ich und die Mitarbeiter mal ein Glas in der Hand hielten, somit weisst du Bescheid, dass wieder ein erfolgreiches Geschäft über die Bühne ging.

Mit dem edlen Weinen hatten Jim Stayli und Dr.Westermann die gleichen Ansichten, wobei er nicht so viel trank und Dr.Westermann gemeinhin als Alkoholiker ansah. Jedes Jahr erhielten er, sowie Don Brenner die teuersten Weinflaschen von Frankreich zu Silvester von Dr.Westermann zugeschickt.

Die Limousine schlängelte sich in den dichten Strassenverkehr von der Wall Street ein und versank in der glitzernden Stahlschlange von New York

Manhattan, Richtung Flughafen der Privatjets.
Don Brenner hatte beschlossen per Flugzeug zu
fliegen, mit dem Auto betrug die Fahrzeit
ca.3h45min. und mit dem Jet ca.1h weniger.
Jim Stayli beobachtete die Beiden während der
Fahrt, wobei dies nicht gerade auffiel in so einem
beengten Raum. Don Brenner war ein untersetzter,
breitschultriger Mann mit einem leichten
Bauchansatz und grossen Händen,
sowie zum Körper ein wenig überdimensionierten
Kopf mit vertrauenswürdigen stahlblauen Augen.
Vom Aussehen her, würde man Don eher als einen
ehemaligen Bauarbeiter einschätzen, wenn er nicht
diese teuren Designerkleider trug. Don erzählte Jim
schon mehrmals, wie er in der Jugendzeit sehr hart
arbeiten musste um seinen Eltern im Stahlbetrieb
mitzuhelfen. Die Eltern besassen zu wenig Geld um
sein Studium zu bezahlen und konnten sich knapp
über Wasser halten. Durch harte Arbeit und Geld auf
die Seite legen, finanzierte Don sein Studium selber.
Er meinte und teilte Jim mit, wie er durch eine
Eingebung zum Finanzhimmel einberufen worden
war, und wusste schon früh, dass er in die
Finanzwelt eintauchen wollte um an der
bekannten Wall Street zu agieren und
mitzumischen…
Vor allem nicht, den gleichen Werdegang seiner hart
arbeitenden Eltern zu folgen, um immer knapp bei
Kasse zu sein.
Don verglich sich mit dem Papst, welcher auch durch
Gott und die Gläubigkeit einberufen wurde.

Tiefe Falten durchzogen sein Gesicht mit schneeweissen buschigen Augenbrauen und Haaren. Verdammt dachte sich Jim, Don Brenner war über 84, und es war an der Zeit, dass Don in Pensionierung ging, um Jim Platz zu machen. Am Anfang war Jim, Brenner dankbar, dass er ihn beim Verwaltungsrat zum CEO vorschlug und merkte auch bald, dass Don Brenner zu grosse Macht besass, dass irgendein Verwaltungsratsmitglied Brenner widersprach.

Jim Stayli bewunderte die legende Don Brenner. Unter seine Fittiche konnte er sein Wissen enorm erweitern und die allen besten Kontakte zu hohen Kreisen und Positionen knüpfen wie zu namhaften Politikern, Staatsoberhäupter, Diktatoren, Firmeneigentümer, Milliardäre usw....dafür war Jim Stayli sicherlich Don Brenner dankbar.

Jim Stayli war nun schon seit über 8 Jahren bei der Bläckybank und fing Don Brenner langsam aber sicher an zu hassen.

Alle wichtigen Entscheidungen, sogar teilweise die Kleinen, gingen über den Tisch von Don Brenner, welcher wie festgefressen auf dem Stuhl des Verwaltungsratssitzes sass und zusätzlich die Arbeit vom CEO übernahm.

Schlichtweg war Jim Stayli ein Mann ohne grosse Befugnisse in der höchsten Position in einer der grössten Finanzinstitute der Welt.

Jim Stayli brauchte einige Zeit, wenn nicht zu lange, um zu merken, dass er eher ein Ratgeber und Hand-langer für Don Brenner war, als ein CEO.

Jim Stayli wollte beide Sitze und Positionen, den CEO und den Verwaltungsratssitz, das war klar. Er hatte Albträume vom Versagen und glaubte am gleichen Punkt zu treten, welches zu diesem Zeitpunkt tatsächlich auch so wahr. Um die Realität nicht zu sehen, belog er sich die meiste Zeit selbst, mit der Hoffnung der rechte Zeitpunkt würde bald kommen.

Vielleicht behielt Don Brenner den Posten so lange wie der Papst, oder sah ihn sogar als Vorbild und arbeitete so lange bis zu seinem Ableben.

Jedenfalls war Jim insgeheim daran, mit den langsam auch unzufriedenen Verwaltungsratsmitgliedern zu Verhandeln, über die Zukunft und die Abdankung von Don Brenner.

Der gleiche Typ war Jep, nur sah Dieser, noch viel älter aus, mit seinen 70 Jahren, fast Scheintod, und war im Gegensatz zu Don fast 2 Meter gross.

Er hatte wässrige undurchsichtige graue Augen, war viel zu dünn für seine Grösse und hatte zudem eine schlaksige und schleimige, höhnische Art.

Jim war schon längere Zeit bekannt, dass Don bei der Bank Schremsi, einer der grössten und bekanntesten Privatbanken der Welt, ein grosser Teil seines privaten Vermögens angelegt und gebunkert hatte.

Teil dreckiges und betrügerisches Geld, wobei man von über zwei Milliarden Dollar ausging.

Nach relativ kurzer Fahrt nach New Yorker Massstab, erreichten sie den Flughafen, und in rund 20 Minuten später waren sie mit dem Jet in der Luft.

5. Chaos am Flughafen Boston

Don Brenner hatte für die Ankunft der Konzernbosse in Boston in kurzer Zeit alles Nötige arrangiert und vorbereitet.

Während der Abendmahlzeit bekam Jeremis Knick-Fender, der Stadtpräsident von Boston, unerwartet von seinem Kollegen Don Brenner einen Anruf am 30.Oktober kurz vor 18.00 Uhr, wobei sich das Gespräch in die Länge zog, durch Begründungen, Erklärungen und schlussendlich mit Anweisungen.

Jedenfalls war Don Brenner eine namhafte Grösse und Persönlichkeit in der USA und in der weltweiten Finanzindustrie der Welt, zudem ein geschätzter Kunde und guter Freund von Jeremis.

Die Bläckybank&Investchase Groupe unterhielt und besass das grösste renommierteste Bläcky Atlantic Hotel in Boston an der Wiliam J Day Blvd, wie kann es auch anders sein, mit der grandiosen Aussicht auf den Atlantik.

Die Einheimischen und die Stammkunden nannten das Hotel einfach nur Bläcky. Mit den fast 500 Zimmern, hauptsächlich bestehend aus Luxussuiten, und somit mit einem beachtlichen Umsatz, war das Bläcky ein guter Steuerzahler für diese Stadt.

Abgesehen davon, spendete die Bläckybank, jedes Jahr Boston, eine beachtliche Summe für kulturelle Zwecke. Don Brenner schmierte Jeremis eine beachtliche Summe schwarz, was Don zu seinem besten Freund machte.

Der Stadtpräsident nahm sich alles Erdenkliche vor, um einen reibungslosen Ablauf für die Ankunft der Konzernbosse zu garantieren.

Jeremis hoffte insgeheim, dass er nochmals eine persönliche Prämie oder Aufmerksamkeit von Don Brenner in diesem Jahr erhielt.

Geld konnte man immer gut gebrauchen.

Nach dem Telefonat war Jeremis in bester Laune nach so einem irgendwie begonnenen schlechten Tag, und rief zugleich den Direktor des Flughafens an. Jetzt konnte Knick-Fender dem Flughafendirektor so richtig eins rein-brennen, und hoffte auf das Versagen und Scheitern des Flughafendirektors, um dann alsbald an der Stadtversammlung den Entscheid herbeizubringen um Marshall abzusetzen.

Zudem würde er, sein lang ersehntes Projekt und den Wunsch eines Privatflughafens in Boston zur Ansprache bringen, und deren Durchsetzung vorantreiben.

Wobei er das Versagen vom Flughafen am 4.November als Beispiel erwähnen würde, und der Zusammenhang eines Privatflughafens und der Wirtschaft in der Stadt, der Agglomeration, und der weiteren Umgebung in der unabdingbaren Wichtigkeit erwähnen.

Der Direktor vom Hauptflughafen Boston Jens Marshall war seit 5.00 Uhr morgens am 4.November höchstpersönlich vor Ort.

Er konnte einfach schlechthin nicht schlafen und

entschied sich um 4.00 Uhr aufzustehen.
Die Belastung war einfach zu gross und auf der anderen Seite freute er sich auf diesen anspruchsvollen Tag des Flugbetriebes.

Seine Mitarbeiter und er, mussten unter Hochdruck und Präzision heute agieren, um den vollständigen internationalen Flugverkehr aufrechtzuerhalten, um ein Chaos zu vermeiden.

Das würde sich als sehr schwierig erweisen.

Der Stadtpräsident von Boston Jeremis Knick-Fender kontaktierte ihn vor 5 Tagen, am 30.Oktober am Abend. Informierte ihn darüber, dass am 4. November innerhalb von weniger als 3h vor 14.00 Uhr, 30 Privatjets landen würden.

Jens protestierte umgehend, dass Dies, ein Ding der absoluten Unmöglichkeit wäre. Jens begann über technisches Know-How, Flugleitsysteme und veraltete Anlagen usw. zu sprechen, um den Stadtpräsidenten aufzuklären, wobei er grob und in seinen Sätzen von Jeremis unterbrochen wurde.

In seiner ganzen Laufbahn, nicht einmal in der Schulzeit, wurde er so zurechtgewiesen wie von Herr Knick-Fender, oder wortwörtlich gesagt, er solle die Schnauze halten.

Der Stadtpräsident persönlich, drohte mit seiner Entlassung.

Beide hassten sich von Anfang an, die Chemie stimmte einfach nicht, sie beide waren auch nicht wie üblich nach gewisser Zeit per du, sondern sprachen sich immer noch formell an.

Ob all Bemühungen von Seite Jens Marshall, um sachlich und korrekt zu bleiben gegenüber Jeremis, seit Antritt als Direktor vom Flughafen, spitzte sich die persönliche Auseinandersetzung fortwährend zu. Jeremis wollte ihn entlassen, Das war ganz klar. Unglaublich, wobei Dieser, einen im Volke umstrittenen Hangar mit Privatjet betrieb, mit den Geldern der Stadt.

Dieser Luxus betrieb man für Politiker in Millionenstädten wie LA, Chicago, New York usw.

Jens Marshall stellte dem Stadtpräsidenten die Frage, wie er das Problem mit den öffentlichen Fluglinien lösen sollte.

Die unfassbare Antwort erhielt prompt.

Schlimmstenfalls sollte er die ankommenden Linienflugzeuge über Boston herumkreisen lassen, oder an andere Flughafen umleiten lassen.

Die Begründung bei Anfragen, sei ihm überlassen.

Zudem, was ginge ihm das etwas an, der Auftrag wurde ihm erteilt und musste ausgeführt werden, er sei ja der Direktor vom Flughafen.

Zudem, solle der VIP Raum hergerichtet werden, nur ausdrücklich für die ankommenden Gäste von den Privatjets. Per Fax wird Jens eine Namensliste erhalten, wobei nur Diese berechtigt sind den VIP Raum zu betreten.

Der VIP Raum sollte dementsprechend hergerichtet werden für hohe Gäste, mit ausreichendem Buffet, mit Wein der edelsten Sorte und ansprechendem Servicepersonal. Die Anweisungen von Knick-Fender hörten nicht auf.

Dieser sprach von einem roten Teppich mit der Mindestlänge von 8 Meter, welcher vor der Eingangstüre abgelegt werden sollte.

Und nicht zu vergessen, dass zusätzlich eine unbeirrbare Beschilderung im Flughafen für die Gäste angebracht wird, mit der Begründung, dass sich die Konzernbosse nicht im ganzen Fluggebäude verwirrt herumlaufen, auf der Suche nach dem VIP Raum.

Jens hörte schlussendlich nur noch zu, bis das Telefonat beendet war.

Jens war längere Zeit als Kampfjetpilot für die USA im Einsatz, später dann als Linienpilot im nationalen und internationalen Flugverkehr.

Später besuchte er verschiedene Hochschulen im Bereich Flugverkehr, Flugzeuge, Flugzeugbau, internationale Gesetze im Zusammenhang eines internationalen Flughafens...

Er war der Typ, welcher schon immer Herausforderungen und Druck liebte, und sah von Differenzen und Drohungen vom Stadtpräsidenten ab, soweit es ging.

Es ging ihm einfach am Arsch vorbei.

Er sass nun um 10.00 Uhr mit dem Flugleiter der Flugsicherung und des Leitsystems vom Tower Rudolph Karter in der Cafeteria und tranken Kaffee zusammen.

„Wie sieht die Lage jetzt aus, Rudolph?"

„Bis jetzt ist alles in Ordnung. Es wurden alle verfügbaren Mitarbeiter vom Flugleitsystem, ausser von der Nachtschicht, für diesen Tag aufgeboten.

Bis jetzt sind erst 2 von diesen sogenannten Privatjets gelandet. Sir kann ich sie fragen, was das Ganze eigentlich soll?"

„Wie sie wissen, hat mich der Stadtpräsident vor fünf Tagen angerufen, der Hobbypilot welcher die Meinung von sich hat, er verstehe etwas von der Fliegerei und vom Flugverkehr.

Wenn es so weitergeht, läuft uns die Zeit davon, es sind immer noch, respektive mit den 28 ankommenden Privatjets müssen wir rechnen, welche vor 14.00 Uhr landen wollen. Einfach eine bodenlose Frechheit von Knick-Fender, weil irgendein Grossanlass von Firmenbossen in Boston stattfindet. Jedenfalls müssen wir uns so gut wie möglich auf unsere Arbeit einstellen, um das voraussichtliche Chaos zu verringern.

Ich erwarte absolute Konzentration und Leistungsfähigkeit. Der Stadtpräsident Jeremis Knick-Fender wartet nur so darauf, dass wir versagen, hauptsächlich ich. Darum wird alles nur Erdenkliche unternommen um Dies zu vermeiden, wobei die Flugsicherheit im Vordergrund steht, Stadtpräsident oder Konzernbosse hin oder her."

Rudolph nickte," Das Chaos hat um 9.00 Uhr morgen früh schon begonnen, als ich Dies vom Leiter des Sicherheitsdienstes erfahren habe. Wie aus dem Nichts, sind auf der Trassenstrasse zum Flughafen, über 20 schwarze und blaue Bonzenlimousinen aufgetaucht.

Veranstalteten ein Riesen Chaos vor dem Haupteingang des Flughafens.

Parkierten willkürlich auf den Taxi-und Busparkplätzen. Eine gröbere Auseinandersetzung und Rückstau konnte durch das Eingreifen des internen Sicherheitspersonals vermieden werden.

Bis dann, die Fahrzeuge mit ihrem Wendekreis und teils über der doppelten Länge eines durchschnittlichen Fahrzeuges endlich auf den 50 Cents pro Minute teuren Parkplätze standen, wobei Diese, für ein-und aussteigende Gäste vorbehalten ist."

„Ich weiss, ich war vor Ort, als mich der Sicherheitschef informierte.

Das sind wie gesagt unvorhergesehene, unschöne Ereignisse, wobei man nicht von externer Seite informiert wurde. Hoffen wir, dass der Tag nicht zu viele Überraschungen mit sich bringt, wir müssen einfach unsere Arbeit tun, wie üblich, und nicht allzu viel über diese Geschichte nachdenken, am besten überhaupt nicht.

So packen wir es an Rudolph, ich werde sie begleiten und bis 15.00 Uhr oder genau gesagt bis der Flugverkehr wieder in den normalen Bahnen läuft bei ihnen im Tower bleiben, wenn nicht länger.

Ich werde bei schwerwiegenden Problemen und Entscheidungen, direkt die Anweisungen erteilen und zugleich die Verantwortung übernehmen."

Beide standen von ihren Stühlen auf und begaben sich Richtung Tower.

Der Stadtpräsident Jeremis Knick-Fender konnte es sich nicht nehmen lassen, war auch seit 4.00 Uhr aufgestanden und seit 8.00 Uhr morgens am Flughafen. Per Zufall und mit erstauntem Gesichtsausdruck konnte er die langsam herbeifahrenden Limousinen sehen, bestehend aus fast 30 Fahrzeugen. Das erste Fahrzeug hielt kurzerhand auf der Höhe vom Flughafenhaupteingang an, wobei die ganze Kolonne zum Stehen kam. Der erste Chauffeur der Schlange, drehte nervös den Kopf hin und her, auf der Suche nach einem geeigneten Parkplatz. Er erhielt ganz klar und deutlich die Anweisung, vor oder in der Nähe vom Haupteingang zu warten, was auch immer Das heissen mag. Hinter der Kolonne, bildete sich allmählich ein Stau, wobei Taxi, Busse und Privatfahrzeuge ihre Passagiere schnellstmöglich abladen wollten. Einige ungeduldige Chauffeure fuhren mit ihren Limousinen aus der Kolonne heraus und parkierten auf Bus-Taxi-Sanität-und Warenablieferungsparkplätze usw. Einige Davon, standen bald kreuz und quer auf der Fahrbahn, wegen ihren langen Wendekreisen, und wurden von nicht abwartenden heranfahrenden Fahrzeugen blockiert, bis der ganze Verkehr zum Erliegen kam. Taxi-und Buschauffeure und eilende Passagiere stiegen teils mit roten Köpfen aus den Fahrzeugen. Gestresste Passagiere welche sonst schon zu spät dran waren, eilten und drängten mit ihren Koffern zum Haupteingang um ja nicht den Flug zu verpassen.

Taxi-und Buschauffeure liefen zu den Chauffeuren der Limousinen, wobei eine steigernde Hitzige Diskussion entflammte.

Mehre Sicherheitskräfte vom Flughafen erschienen aus den Seitentüren zum Schauplatz.

Mit dem rigorosen Eingreifen der Sicherheitskräfte und dem kühlen Kopf der leitenden Person, beruhigte sich nur langsam aber stetig die Lage um den Haupteingang und dem Strassenverkehr.

Belustigend hatte Jeremis Knick-Fender den Schauplatz bis zum Schluss angesehen, wobei er mehrere Fotos mit dem Handy schoss. Besser konnte es gar nicht sein als in einem Theater, dachte er sich.

Wenn der Flughafendirektor so weiter vorging, welches nur der Anfang eines langen Tages war, würde der angebrochene Tag nur noch interessanter, wobei er immer mehr Argumentationen im Stadtparlament hervorbringen könnte für die Absetzung von Jens Marshall, und somit den Bau vom Privatflugplatz herantreiben konnte, für die Wirtschaftlichkeit der Stadt Boston und seinen privaten Interessen.

Durch die Ereignisse am Haupteingang, kam Jeremis auf eine Idee, ergriff sofort das Handy und telefonierte mit dem Hauptpräsidium der Stadtpolizei.

Danach nahm er sich vor zur Zuschauertribüne zu gehen um Mittag zu essen, um dann dem voraussichtlich anschliessendem Versagen vom Flughafen, respektive Flughafendirektor Jens Marshall mit der Bewältigung der landeten Privatjets zuzusehen.

Gut, zu einem überborden der Situation war natürlich auch nicht in seinem Interesse, wie würde er vor dem Stadtparlament und Don Brenner dastehen als Städtepräsident, schlussendlich wollte er sich schon nicht ans eigene Bein pissen.

Der Tag wurde nur noch interessanter, das wunderbare, sonnenhaltige Wetter stimmte auch noch dazu ein.

Seine Stimmung führte ihn fast zu einer Ekstase.

Jens Marshall, Rudolph Karter und sein Team hatten alle Hände voll zu tun im Tower, als um 12.24 Uhr die ersten Privatjets Boston anflogen und zur Landung ansetzen wollten.

Da die kleinen Flugzeuge nicht so einen langen Bremsweg hatten wie die Linienflugzeuge, wurden die Piloten gleich nach dem landen der Linienflugzeuge per Funk angewiesen und durch das Flugleitsystem zur Landung gebracht.

Mit der Zeit verschärfte sich die Situation im Flugraum um Boston, da gleichzeitig 8 Privatjets auftauchten, Linienflugzeuge sowie Privatjets mussten in der Schlaufe fliegen, bis sie zur Landung angewiesen wurden.

Mühsam waren folglich zwei Privatjets, welchen langsam aber sicher, das Benzin ausging, durch den Langstreckenflug.

Don Brenner erschrak und bekam Todesangst während dem Landeanflug, als dröhnend ein Linienflugzeuge knapp über sie hinwegflog und konsequent zur Landung ansetzte.

Der ganze Jet vibrierte.

Dem Pilot Armin Derengo lief der Schweiss nur so über das Gesicht, Rudolph Karter befahl ihm in die Warteschlaufe zurückzufliegen.

Statt durchzustarten um nochmals zur Landung anzusetzen wie befohlen, die Maschine hatte fast kein Benzin mehr, zwang und riss sich selbst zusprechend Pilot Derengo zusammen, mit einem Tunnelblick und Automatismus flog er gezielt hinter dem Linienflugzeug hinterher und landete.

Um nicht in die vordere Maschine zu rasen drückte er voll auf die Bremsung, dass es nur so qualmte und rauchte, wendete dann kurzum die Maschine um eine Kollision zu verhindern vor der schwerfälligen grossen Boeing 767-300ER, Richtung alten brachliegenden Flugplatz.

Auf der Zuschauertribüne klatschten die Leute in die Hände für die dargebotene Show und die professionelle Landung des kleinen Flugzeuges.

Das fluchen, die Drohungen und Anweisungen vom Tower bekam Armin Derengo nur so nebenbei schlechthin mit, da er voll auf sich konzentriert war.

Die Anspannung, lies wie bei einem freien Fall in die Tiefe vom Bungeespringen von ihm ab, er brach fast innerlich zusammen und musste fast peinlicherweise für ihn, das Weinen verkneifen, als er den Jet neben die schon parkierenden Privatjets stellte.

Don, Jim und Jep kamen ins Cockpit und gratulierten dem Piloten, wobei nicht nur Derengos Hände zitterten, sondern auch Dons.

Nicht nur im Tower wurde geflucht, sondern

Dr.Westermann tat das Gleiche im Linienflugzeug wo er sass, Dieses flog schon längere Zeit in der Warteschleife. Dr.Westermann konnte durch das Flugzeugfenster die Privatjets sehen, welche zwischendurch wieder hinter den Wolken verschwanden.

Er stellte auch fest, dass Diese den Vorrang hatten zur Landung.

Von den Stewardessen erhielt er keine Antwort, wann endlich die Maschine landen würden.

Um 14.37 Uhr war es endlich so weit, als das Linienflugzeug eine Stunde verspätet die Räder auf der Landepiste aufsetzten.

Der Tower hatte ihren Auftrag erfüllt, die 29 Privatjets konnten knapp vor 14.00 Uhr abgefertigt werden. Wobei die Risiken, welcher der Tower mit Jens Marshall, Rudolph Karter und die Mitarbeiter auf sich genommen hatten mit 2 beinah Kollisionen enorm war.

Jedenfalls würde Jens Marshall nimmer mehr so einen Auftrag entgegennehmen, ob er gekündigt wurde oder nicht, was jetzt schon der Fall sein könnte.

Im Hintergrund wissend, dass der Stadtpräsident jegliches unternehmen würde, nach diesen Vorfällen um dies zu tun. Schlimmstenfalls würde sich auch noch die Amerikanische Flugbehörde melden, was dann wirklich der Höhepunkt seiner laufenden Karriere war, und zwar im Negativen in seinem Werdegang.

Denn die Schuld, konnte er nicht Jeremis

weiterleiten, denn folglich dessen nach seinem Charakter sowieso alles Abstritt, auch ansonsten nicht.

Jeremis merkte, er hatte einen beruflichen Fehler begangen und sich auf das Spiel des Stadtpräsidenten eingelassen.

Jedenfalls kam eine Erleichterung und eine Entspannung im Tower auf, wobei Jens die Mitarbeiter ermahnte, jetzt nicht locker zu lassen, um sich weiterhin zu konzentrieren, auch wenn die schwerste Arbeit des Tages verrichtet wurde, denn im Nachhinein, können erfahrungsgemäss, die Fehler passieren und auftreten, die bei ihrem Beruf schwerwiegend waren.

Dr.Westermann, von der Zollkontrolle in Boston gar nicht zu erwähnen, durchlief verbittert, in sich hinein fluchend und voller Zorn den Flughafen, auf der Suche nach dem VIP-Raum, wobei er die gut zu sehenden angebrachten Beschilderungen übersah, bis er per Zufall an die Information lief.

Dort wurde ihm der Weg zum VIP-Raum erklärt und auf die Beschilderung hingewiesen.

Als er den VIP-Raum betrat, fand er nur noch die Buffets vor, mit teils halbleeren Gläser und Teller auf den Tischen, keine Menschenseele war anwesend, als mussten alle übereifrig den Raum verlassen.

Schon über die Schwelle tretend, kehrte Dr.Westermann um, lief schnurstracks zu der Weinvitrine, sah die vorzüglichen Weinflaschen welche die Fluggesellschaft nicht fähig war in der Businessclass anzubieten, er konnte jetzt einen

Schluck gut vertragen, um seinen Gemütszustand etwas zu beruhigen, er durfte sich einfach nicht besaufen und schenkte sich ein Glas, übervoll ein.

Öffnete dann seine Reisetasche und füllte Diese mit drei Weinflaschen, er nannte es spasseshalber Notreserve für harte Zeiten. Nochmals fluchend nahm er den Weg zur Information zurück.

„Konnten Sie mir nicht gleich sagen, dass die Leute den VIP-Raum verlassen haben?", teilte und schnauzte er die Information an.

Seiner Meinung nach kam die freche Antwort zurück, "Sie haben ja nicht danach gefragt, zudem wurden wir nicht informiert."

Ohne auf Wiedersehen zu sagen, da er sich nicht noch auf ein Streitgespräch einlassen wollte, ansonsten hätte er eventuell den Informationsstand zusammengeschlagen, nahm er den direkten Weg zum Haupteingang, wo wahrscheinlich die Limousinen parkten, wenn sie nicht schon abgefahren sind.

Tatsächlich wie er vermutet hatte, war es auch so, Dr. Westermann konnte gerade noch die Rücklichter der Limousinen sehen, mit der Polizeieskorte am Schluss. Was ihn noch wütender machte, zudem kein einziges Taxi in weiter Sicht.

Er kam sich vor wie in einem Drittweltland, wobei Diese noch eher ein Taxi hatten als auf diesem verdammten Flughafen. Seine Stimmung sank auf den Boden, doch nach kurzer Zeit, vor einem Passanten wegschnappend, konnte er ein Taxi

ergattern und wies dem Chauffeur an,
zu Bläcky Atlantic Hotel zu fahren.

6.VIP Raum

Don Brenner durchlief zügig mit seiner Gefolgschaft im Rücken mit verzogenem und zerknirschtem Gesichtsausdruck, wobei seine Gedanken noch bei der spektakulären katastrophalen Landung waren, welche ihn in Angst und Schrecken versetzte den Flughafen. Mit seinen 84 Jahren hatte er nicht mehr das Nervenkostüm wie früher, in den guten alten Zeiten, zudem besass er auch eine gewisse Art von Flugangst, wobei er Diese fast gänzlich durch die vielen Reisen ablegen konnte.

Durch diesen Vorfall und Ereignisse, würden sich Diese, sicherlich nicht positiv auf seine Flugangst auswirken, nur gut, besass er jetzt keine Zeit, um darüber Nachzudenken.

Er musste vorwärts machen, um sein Programm durchzuziehen.

Da er den Flughafen auswendig kannte betraten sie bald um knapp 14.20 Uhr den mit lauten Stimmen versetzten VIP Raum.

Es wurde kurzerhand Still und alle Augen richteten sich allmählich auf ihn.

Was Don Brenner da sah, gefiel ihm überhaupt nicht. Fast 150 Personen in massgeschneiderten Anzügen mit Krawatten, welche Essen, Wein und Champagnergläser in den Händen hielten.

Drei grosse Buffet waren auf der rechten Wandseite aufgestellt worden und ein grosser Weinkühlschrank welcher zum Bersten voll war, natürlich konnte und

durfte ein Dessert-Buffet auch nicht fehlen. Jetzt
fehlte nur noch das eintretende Hochzeitspaar.
Missbilligend betrachtete er die Menge, erwähnte
ausdrücklich im Schreiben, dass nur CEOs und
Verwaltungsräte eingeladen sind, Betreff
Dringlichkeit, Wichtigkeit und Geheimhaltung.
Nächstes-mal wird er wahrscheinlich noch die
Reinigungskräfte der Konzerne antreffen.
Er dachte an eine Schar von fressenden und
trinkenden Meute, welche glaubten das Ganze sei
ein Apéro mit anschliessender Konzert-oder
Theaterveranstaltung, welche sie demnächst
besuchen würden.
Zum guten Glück war noch nicht der Stadtpräsident
von Boston erschienen, was ihm gerade noch fehlen
würde, welcher ihn unaufhörlich voll-laberte mit
unnötigen und uninteressanten Neuigkeiten von
seiner Stadt und den kulturellen Errungenschaften
welche angeschafft oder im Bau waren.
Die Augen waren immer noch auf ihn gerichtet.
Er ging durch die Platz-machende Menge und
bestieg eine Art Podest hinten im VIP Raum, dass
alle ihn sehen konnten. Er anvisierte die
Haupteingangstüre zu schliessen.
Nach einer kurzen Wartezeit, begann er mit seiner
alten Bekannten und manchmal abweichender
Begrüssungsrede und ging relativ schnell zur Sache.
„Ich glaubte, Alle, hätten mein Schreiben gelesen
oder es von ihren Chefsekretärinnen vorlesen lassen.
Wie geschrieben, ist für dieses Treffen eine

begrenzte Anzahl von Personen vorgesehen, das heisst, keine Sekretärinnen und kein Sicherheitspersonal usw.

, welche jetzt zugleich den Raum verlassen werden, können, und die Reise, respektive den Rückflug antreten sollen, um per sofort an ihre tatsächliche Arbeit zu gehen. Nur die angeschriebenen und eingeladenen Personen sind zu dieser Konferenz zugelassen. Habe ich mich jetzt deutlich genug Ausgedrückt!"

Ein protestierendes Raunen ging durch die Menge von den Betroffenen, und der Diskussionspegel fing an zu steigen.

„Ruhe", schrie Don Brenner in den Saal hinein.

Er war von der alten Schule und erwartete, dass seine Anweisungen gleich befolgt wurden ohne Diskussionen zu führen.

„Nochmals, die gemeinten Personen sollen den Raum sofort verlassen."

Es gab ein Grosses durcheinander bis alle Untergebenen den Raum verliessen.

Übrig blieben noch ca. 60 Personen.

Danach ergriff Don Brenner wieder das Wort.

„Sind jetzt wirklich nur noch die Mitglieder vom Circle anwesend?" und zeigte mit dem Finger auf zwei unbekannte Gesichter, welche alsbald aus dem VIP Raum hinausgingen mit zusätzlich zwei anderen Personen.

„Wir haben jetzt genau 14.37 Uhr, uns läuft die Zeit davon. Bitte legen sie die Gläser und Essensware zur Seite und folgen sie mir bitte zum Haupteingang vom Flughafen wo die Limousinen stehen."

CEO von Keitersmann Deutschland ergriff das Wort.

„Hallo Don, wie man sieht bist du ja wieder voll im Element und Energie geladen, könnten wir im Voraus etwas mehr erfahren über das ausserordentliche, einberufene Treffen?"

„Bitte habt Alle noch etwas Geduld, wir werden uns jetzt ins Bläcky Atlantic Hotel in Boston begeben wo die Konferenz stattfinden wird.

Alles Weitere, werdet ihr anschliessend im Konferenzraum erfahren.

Ich bitte euch Alle, um keine Verzögerungen, und steigt beim Erreichen der Fahrzeuge sofort und zügig ein, da wir doch über 60 Personen sind."

Don, sein CEO Jim Stayli und Circle Vizepräsident Jep Den Wipperis gingen Allen anderen an der Spitze mit schnellen Schritten voraus.

Der ganze Tross durchlief, unter staunenden und interessierten Fluggästen und Touristen die Flughafenhallen.

Die Limousinen standen jetzt aneinandergereiht, abfahrbereit auf der Strasse.

Beim Erreichen der Fahrzeuge, erblickte Don Brenner sich fragend, an der Spitze der Fahrzeugkolonne zwei Polizeifahrzeuge, welche die blauen Drehlichter anhatten.

Weit unten am Ende der Kolonne wiederum dasselbe, 2 Polizeifahrzeuge.

Währenddessen die Manager, CEOs und Verwaltungsratspräsidenten einstiegen, Don sich noch Gedanken wieviel Aufmerksamkeit und

Aufsehen überhaupt das Ganze auf sich zog, schritt schnellen Schrittes Jeremis Knick-Fender direkt auf Don zu.

Der Stadtpräsident stand nun hinter Don, begrüsste ihn mit etwas zu lauten Worten, wobei sich erschrocken Don Brenner zu Jeremis umdrehte. Konnte nicht anders sein, den Stadtpräsidenten zu sehen und anzutreffen.

Er musste sich zusammenreissen und seine Manieren spielen lassen.

„Wie geht's Don, schon lange nicht mehr gesehen, willkommen in unserem wunderbaren Boston. Ich hoffe du bist, bis jetzt mit dem Ablauf und der Organisation deiner Ankunft in Boston zufrieden. Ich habe zudem noch eine Polizeieskorte für die Fahrt bereitgestellt, wenn schon so-viele bekannte Grössen in meiner Stadt Boston herumschwirren, ist auch der Sicherheitsaspekt nicht ausser Kraft zu lassen. "

Don Brenner konnte mit Sicherheitskräften nicht viel anfangen, da meistens, nur noch mehr Aufsehen gefördert wurde.

„Wunderbar Jeremis, ohne dich würde nichts funktionieren, wirklich schon lange nicht mehr gesehen. Abgesehen des chaotischen Landeanfluges, verlief Alles zu meiner besten Zufriedenheit. Übermittle dem Flughafendirektor und seinen Angestellten meine Glückwünsche für diese ausgezeichnete vollbrachte Leistung, welche ich zu Schätzen weiss, und richte Jens Marshall meine besten Grüsse aus."

Jeremis verzog für kurze Zeit leicht das Gesicht um sich gleich wieder zu fassen. Im Gegenteil, würde er den Flughafendirektor loben, und auf gar keinen Fall Glückwünsche und Grüsse verteilen.

„Ich hoffe du kannst mir bei Gelegenheit deine neuen Errungenschaften in der Stadt bald zeigen, ich habe zu hören bekommen eine grosse Statue aus Bronze steht jetzt vor dem Stadtparlament?"

Währenddessen wurde Don Brenner mit Informationen nur so bombardiert und schaute auf die Uhr, stellte fest das tatsächlich schon fast 15 min. vergangen waren, und er jetzt handeln musste.

Er konnte nicht die Manager in den Fahrzeugen warten lassen, was stellte Das für ein Benehmen dar, dachte sich Don Brenner, und die laufenden Stundenansätze, für nur herumzusitzen, gingen ins Immense.

Mitten in den Sätzen, unterbrach Don, Jeremis.

" Hör zu, ich und meine Leute müssen jetzt vorwärts Machen und gehen."

Er gab mit der Hand mehrmals ein deutliches Zeichen dem Polizisten vom vorderen Polizeifahrzeug für die Abfahrt und stieg zugleich in die lange schon offengehaltene Türe vom Chauffeur, ins Fahrzeug ein.

„Also, wir sehen uns noch" und verabschiedete sich schnellstmöglich aus dem Innern der Limousine von Jeremis Knick-Fender.

Nach ein paar Minuten wurde Don Brenner wütend, warum die verdammten Fahrzeuge nicht in Bewegung gerieten.

Als er mit Entsetzen feststellte und sah, wie der Stadtpräsident ins vordere Fahrzeug der Polizei einstieg, welche auch zusätzlich die Sirenen einschalteten für die lückenlose Abfahrt der Kolonne.

Wenn es so weiter ginge, dachte sich Don Brenner, würde er noch Kopfschmerzen, schlimmstenfalls Migräne, oder bestenfalls eine Migräneattacke bekommen.

7.Ankunft im Bläcky Atlantic Hotel

Sen Kanter war jetzt mit dem Aussenlift im 15.Stock des Bürogebäudes angelangt, wobei die Leute das Gebäude das Glashaus nannten, und genauer beschrieben ein Wolkenkratzer war.
Er war der Einzige der Firma, welcher anscheinend Lust zur Arbeit hatte, kein Schwein kam ihm zur Hilfe am Samstag. Er hatte eigentlich gerne Mitarbeiter um sich, ausser Vollidioten. Bei der monotonen Arbeit unterhielt man sich gerne zwischendurch mit ernsthaften Themen und Geschichten, oder man führte amüsante Gespräche miteinander.
Irgendwie würde man mit der Zeit vereinsamen, so ganz alleine auf diesen Höhen an den Aussenfassaden, man fühlte sich richtig von der Aussenwelt abgeschnitten.
Herunterschauend erblickte Sen die Spaziergänger an der Uferpassage herum-flanieren, oder sich an den Winterständen mit Tee, Punsch und warmen Essen aufwärmten.
Es waren doch etliche Menschen unterwegs, zudem war Samstag und die Wintersonne brachte doch einige wärmende Strahlen.
Er war jedenfalls auf das Geld angewiesen, immer, wenn er konnte, ging Sen jeden zweiten Samstag zur Arbeit. Der kalte Wind hatte sich zum guten Glück um 10.00 Uhr gelegt.
Die Reinigung der Glasfassade wurde dringend vom

Firmeninhaber angeordnet, da Diese anscheinend einen wichtigen, geschäftlichen Besuch von Japan erhielten.

Mehr wusste Sen nicht, obwohl es ihn doch interessierte zu erfahren, was für Geschäfte und Konferenzen hinter den Glasfronten manchmal abgehalten wurden. Er fragte sich, warum er nicht selbst hinter der Scheibe auf der anderen Seite stand, wie auch im Leben, und dort seinen Unterhalt verdiente.

Nun Es war halt so, er war ein kleiner Pechvogel in dieser weiten undurchschaubaren Welt, gab sich aber mit dieser Antwort sicherlich nicht zu Frieden.

Ansonsten war der Auftraggeber sehr knauserig mit der Reinigung der Glasfassade, da sich der Schmutz immer mehr festgefressen hatte, brauchte Sen für die Reinigung mehr Zeit.

Der Aufwand war einfach grösser, überall sparten die Firmen ein, wobei dann der Mehraufwand umso grösser war, und einfach am falschen Platz gespart wurde. Seiner Meinung nach, stellte das Gebäude selbst nach aussen hin, auch die Einstellung der Firma dar.

Sen Kanter konnte das eigentlich egal sein.

Um 16.02 Uhr, wobei Sen Kanter voll in seiner Arbeit vertieft, blendete die Sonne in schnellen abwechselnden Abständen seine Augen, wobei er automatisch, instinktiv sein Kopf drehte, um zu Erkennen was die Ursache war.

Als er mit zusammengekniffenen Augen mit der Zeit von weitem eine Fahrzeugkolonne auf der Strasse

ausmachte, welche sich langsam die Strasse hinauf
bewegte.

Die Sonne reflektierte sich in den
Windschutz-Scheiben der Fahrzeuge, ihm direkt, in
sein Gesicht.

Abwartend beobachte Sen, bis allmählich Diese
näher kamen.

An der Spitze waren zwei Polizeifahrzeuge mit
eingeschalteten Warnlichtern, er traute fast seinen
Augen nicht, als 8-12m lange Limousinen
hintereinander folgten.

Er als Autofanatiker erkannte, dass Diese,
die neuesten, luxuriösesten und zugleich die
teuersten auf dem regulären Markt sein mussten.

Unglaublich es mussten über 20 sein, er begann den
Gesamtwert der Fahrzeuge zu berechnen und
konnte die Gesamtsumme fast nicht glauben, wobei
er die Berechnung 2 und dann 3-mal wiederholte,
kam zum Schluss, dass dort unten Fahrzeuge im
Wert von über 20 Millionen Dollar anrollten, je nach
Ausstattung, Modell und Marke.

Die Fahrzeugkolonne bog in die Einfahrt vom Bläcky
Atlantic Hotel, mit seiner grässlichen schwarzen
Stahlfassade und schwarz verdunkelten Fenstern ein,
wobei die erste Limousine auf der Höhe vom
Haupteingang des Hotels stehen blieb, die Hälfte der
Limousinen blieb und kam auf der Strasse zum
Stillstand. Beim ersten Polizeifahrzeug stieg
vermutlich gerade grinsend wie immer der
Stadtpräsident aus, welcher er nur von der Distanz
wegen vermuten konnte.

Sen war sich sicher, es war kein Geringerer als der Stadtpräsident.

Sen Kanter kannte ihn persönlich aus der Footballzeit, wo Jeremis gerade anfing zu politisieren. Nun verliessen die Polizeifahrzeuge das Hotelareal.

Nacheinander stiegen Personen aus den Limousinen mit teuren Anzügen, welche zum Haupteingang strömten.

Fragend überlegte sich Sen, was für ein Anlass wohl im Hotel stattfand. Er erinnerte sich an keinen Bericht in den Zeitungen oder Zeitschriften, oder an einen Aushang am Hotel. Kurz entschlossen nahm er die Fernbedienung in die Hand und fuhr mit dem Lift nach oben.

Don Brenner schlecht gelaunt, Jim Stayli und Jep Den Wipperis stiegen aus der vordersten Limousine aus und liefen Richtung Haupteingang zum Hotel, wobei sich zum unwohl-befinden Dons, der Stadtpräsident sich neben ihn anschloss.

"Don wie hat dir die arrangierte Eskorte gefallen?"

„Wie gesagt Jeremis, ohne dich würde in dieser Stadt nichts laufen."

„Don wie gesagt, ein Anruf von dir, und ich stehe für dich auf der Matte und zu jeder Zeit zur Verfügung. Ich lasse dich jetzt alleine und in Ruhe, um nicht die Sitzung oder den Anlass aufzuhalten, um was geht es überhaupt?"

Soweit zum Thema Ruhe, dachte sich Don Brenner. Ignorierte einfach die Frage.

Dankend und langsam entspannend, nahm Don Dies zur Kenntnis, glaubte auf das erste Wort, dass der schmierige Stadtpräsident jeder Zeit zur Verfügung stand, Dies sicher nicht ungern, und war froh den weglaufenden Stadtpräsidenten aus den Augen zu verlieren. Wohin er lief, fragte sich Don, um sehr wahrscheinlich noch schnell eine Drehleuchte und eine Sirene in den Konferenzraum zu montieren, bei den Gedanken, kam er doch noch, wieder zum Schmunzeln.

Don hoffte insgeheim, ihn nicht mehr zu sehen, was fast eine Unwahrscheinlichkeit darstellte.

Don und die Manager durchliefen auf schwarzen Marmorböden den Prunk-Freskengeschmückten Eingangsbereich mit den 8 Kronleuchtern, welche zu zwei Quadraten an der Decke montiert waren, zu den Liften, um ins oberste Stockwerk zu gelangen.

Langsam füllte sich der Sitzungssaal, wobei die Konzernbosse auf den mit ihren Namen beschrifteten Stühlen Platz nahmen, ihre Laptops auf den im Rechteck aufgestellten Tischen ausbreiteten, und kurzerhand ins Schwitzen gerieten, als sie keine Steckdosen fanden.

Don Brenner informierte die Küche, dass das Essen von 18.00 auf 20.00 Uhr verschoben wurde.

Nun, wie zuvor, richteten sich die Blicke auf den Verwaltungsratspräsidenten vom Circle, Don Brenner. Hinter ihm, an der Wand, hing eine beleuchtete grosse Stoffblache mit dem Zeichen des Circles.

8.Erklärung und Abhaltung der Sitzung des Circles

Der Circle war durch eine fixe phänomenale Idee von Don Brenner, vor 18 Jahren durch eine Eingebung vom Finanzhimmel, wie er es zu nennen beliebte und pflegte, während eines längeren Spazierganges entstanden, bestehend zur jetzigen Zeit aus 30 Mitgliedern-(Firmenanzahl).
Mit seinen 84 Jahren, genau gesagt seit 68 Jahren von 1949 an, da war Don gerade 16 Jahre alt, kannte er die Geschichte bis zu dem heutigen Zeitpunkt des Finanzwesens und besass eine schier endlose Erfahrung und Potential.
National wie International wusste er die Zusammenhänge, Verletzlichkeit der Märkte und der Börse usw. wie kein Anderer.
Er war schon in jungen Jahren mit Spekulationen, Insiderwissen, Manipulationen, usw. zu viel Geld gekommen.
Betrug wie es Andere nennen würden, hörte er nicht gerne, denn er sah es als übliches Geschäftsgebaren an. Die Gründung des Circles sah er als privater Höhepunkt seiner bisherigen Kariere an.
Die Privatbank Schremsi, welche spezialisiert war auf Anlagen Reicher Personen, wie Firmeneigentümer, Manager, Milliardäre, Grundbesitzer, Politiker und Immobilienbesitzer usw. betrieb eine unabhängige Bank mit dem Namen Previn Bank auf den Offshore Inseln Vanuatu.

Die Bank wurde nicht besteuert, wo ein hohes Mass an Diskretion, Vertraulichkeit und Geheimhaltung bestand, sowie eine minimale Finanzmarktaufsicht auf den Vanuatu Inseln.

Weltweit gesehen, sind auf den Offshore-Inseln, zahlreiche Banken und Finanzinstitutionen angesiedelt, welche ein Grossteil ihrer Geschäfte abwickeln, und sind zum Vergleich der Transaktionen und Anlagensummen im Vergleich des Umsatzvolumens der lokalen Realwirtschaft extrem hoch.

Die schon seit Jahrtausenden bevölkerte Inselgruppe Vanuatu umfasst 83 Inseln, welche durch den portugiesischen Seefahrer am 3.Mai 1606 Espiritu Santo angesegelt hatte, im Glauben den verlorenen südlichen Kontinent gefunden zu haben, nannte die Insel nach dem heiligen Geist Terra Australis del Espiritu Santo und nahm sie und alles bis zum Südpol liegende Land im Namen des spanischen Königs und der katholischen Kirche in Besitz.

Die volle Souveränität erhielt der Inselstaat am 30.Juli 1980 durch die Zustimmung der europäischen Schutzmächte, wobei dazumal ab 1887 die Inseln offiziell unter britisch-französischer Kontrolle standen.

Die Previn Bank mit dem Sitz in Port Vila an der Ave Edmond Colordeau, dem wirtschaftlichen Zentrum von Vanuatu, mit etwa 50 000 Einwohnern, war, respektive nur aus einem Grund gegründet worden, für die Tarnung einer zweiten, internen Bank,

mit dem Namen US Invest Corporation.
Die Previn Bank betrieb im Vordergrund die ganz normalen Bankgeschäfte, wie bei jeder anderen internationalen Bank auch.
Der Verwaltungsratspräsident und CEO der Previn Bank war niemand Anderes als Jep Den Wipperis mit uneingeschränkter Macht.
Im Erdgeschoss befand sich der übliche Eingangsbereich mit der Kundenberatung, in den ersten und zweiten Etagen waren die Büros der Bänker untergebracht.
Die dritte, vierte und fünfte Etage waren komplett leer.
In der 6.Etage war die UIC (US Invest Corporation) wo Don Brenner den Verwaltungsratspräsidenten und CEO bekleidete, Vizepräsident war Jep Den Wipperis, die restlichen 5 Verwaltungsratsmitglieder waren die am engsten, vertrauten Mitglieder vom Circle.
Die 6. Etage wurde zur Luxuswohnung ausgebaut, mit einem grossen Büro mit 3 Arbeitstischen, vollgepackt mit Technik und Informatik auf dem neusten Stand.
Zudem Betrieb man früher eine komplexe verschlüsselte Leitung zur Previn Bank. Bei der UIC wurde nur ein Hauptkonto geführt, dazu kamen 30 geheime nummerierte Konten im jeweiligen Besitz der 30 Mitglieder vom Circle mit der jeweils freien Verfügung der Guthaben.
Jedes Mitglied vom Circle musste genau 1.013 Milliarden Dollar via, respektive von ihren

Grosskonzernen in den 10-jährigen Fond der Previnbank einzahlen, was alles ganz legal und Offiziell war als Fondanlage.

Wie die Mitglieder die 1.013 Milliarden Dollar offiziell ihres Konzerns organisierten und beschafften unterlag ihnen Selbst. Die Grosskonzerne erhielten wie üblich ein Fond-Inhaberpapier mit dessen Wertes, sowie einen jährlichen Kontoauszug. Der hohe Jahreszinsgewinn wurde ausbezahlt, wobei man Diesen nicht unter 7 Prozent fallen liess. Der alleinige Herrscher des Fonds war Jep Den Wipperis.

Seine Hauptaufgabe war das Verwalten des Fonds in der Previn Bank, zudem fungierte er nebenbei als Berater für die rechte Hand der Previn Bank und seinen Mitarbeitern.

In den ersten Jahren, wurde per hochgesicherten verschlüsselten Netzwerkleitung, die Milliarden des Fonds, auf das Hauptkonto der UIC transferiert, welches höchstpersönlich Dr.Wipperis vor Ort vornahm. Dieser Transfer wurde immer dann vorgenommen, wenn die Mitglieder vom Circle den Börsenbetrug vornahmen.

Mit den Grosskonzernen, welche die Mitglieder des Circles leiteten, als CEO, Manager oder Verwaltungsratspräsident, kauften sie immense, hohe und teils risikohaltige Aktienpakete gleichzeitig auf, wobei die Aktien in die Höhe schossen oder im Umkehreffekt in die Tiefe. Gleichentags, oder spätestens in einer Woche, verkauften die Grosskonzerne die gesamten

Aktienpakete und Anlagen, wobei zuvor Wissend vom Hauptkonto der UIC die volle Summe eingesetzt wurde, natürlich auf die gleichen Anlagen der Grosskonzerne.

Die absolut unlauteren Börsengeschäfte wurden 10-14 Mal im Jahr vorgenommen, immer auf verschiedene Aktienpakete.

Die Grosskonzerne kassierten immense Summen, sowie das Hauptkonto von der UIC. Die CEOs, Manager und Verwaltungsratspräsidenten feierten ihren Erfolg, wie zugleich auch ihren privaten, mit der Anlage der vollen Geldsumme vom Hauptkonto der UIC, wobei einige Tage oder spätestens in acht, die gleich hohe Summe von 30.39 Milliarden wieder in den Fond der Previn Bank zurückflossen.

Die Gewinne von diesen Anlagen waren unbeschreiblich, unglaublich Hoch.

Der Traum von jedem Börsenhändler, unrealistisch zu gleich.

Die Hälfte vom Hauptgewinn, beliess man auf dem Hauptkonto der UIC, die andere Hälfte wurden den 30 nummerierten Konten überwiesen.

Vor 5 Jahren, wo der Circle die 30 jetzigen Mitglieder innehatte, nach Dons Meinung die endgültige Mitgliederanzahl, veranlasste man den Rückbau der verschlüsselten Netzwerkleitung von der UIC zur der Previn Bank aus Sicherheitsgründen.

Das Hauptkonto mit der jetzigen Gesamtsumme von fast 200 Milliarden US-Dollar, benötigte die Gelder vom Fond der Previn Bank nicht mehr.

Der Fond löste man mit der Absprache der Grosskonzerne nach einiger Zeit auf.

Mit dem Rückbau der Netzwerkleitung und Auflösung des Fonds, wurde nochmals die Sicherheit der UIC erhöht, denn von Dons Seite her, reichte jetzt die Geldsumme vom Hauptkonto der UIC vorig aus, für Spekulationen an der Börse.

In den ersten Anfängen vom Circle, waren es 7 Mitglieder, wobei die Mitgliederzahl immer stetig wuchs, welche nur ausschliesslich durch Don persönlich, durch ein eigens konzipiertes Konzept angefragt und angeworben wurden.

Zurück zur Sitzung am 4.November vom Circle, unter Leitung von Don Brenner.

Don Brenner begrüsste nochmals alle Mitglieder und bedankte sich für das vollzählige Erscheinen.

„Die Laptops auf euren Tischen könnt ihr allesamt wieder einpacken, sowie die nervöse Suche nach den Steckdosen unterlassen, es wird nur eine Sitzung und Diskussion geführt bis zum endgültigen Entscheid. Zur Informationen für die Gaumenfreunde, das Essen wurde von 18.00 auf 20.00 Uhr verschoben, da ihr ja in den Jets, und allerspätestens wie ich sah, im VIP Raum euch aus-reichlich versorgt habt, zum Dank vom Stadtpräsidenten von Boston, welcher Glücklicher weise nicht anwesend ist."

Fast alle lachten, die Anderen verstanden den Humor nicht.

„Wir werden in dieser Sitzung nicht über den Erfolg vom Circle diskutieren und auch nicht von Dessen Gewinnen und Anlagen usw.
Jeder weiss. Das Hauptkonto vom Circle wird bald die unglaubliche Summe von 200 Milliarden überschreiten, es ist einfach unvorstellbar, jedenfalls für mich persönlich, sicherlich auch für euch.
Jeder kann sich vorstellen, wie viel Gewinn somit ausgeschüttet wurde, in den fast 18 Jahren.
Ich stelle mir vor, dass Dies reichlich gefeiert werden soll und muss, vielleicht mit einer Reise oder Ähnlichem."
Herr Foster von der Recapital Swissinsurance fing an zu klatschen, wobei sich die Mitglieder ihm anschlossen, bis ein tobender Applaus durch den Sitzungssaal halte.
Don genoss den Applaus, wartete ab, bis der Applaus abklang und alle verstummten.
Eine rote Farbe zeichnete sich auf Dons Backen ab vor Rührung und Freude.
„Daher bitte ich euch Alle, mehrere Vorschläge per Mail oder Schriftlich einzureichen, wie wir folgend und anschliessend, die 200 Milliardengrenze, natürlich Dollar und nicht Rubel oder Yen feiern wollen. Bitte Dies, bis zum letzten Tag von diesem Monat, also November.
Betreff der Vorstellung von 200 Milliarden, strahlte das Gesicht von Don nochmals auf, bis dann, ein grimmiger, bissiger Ausdruck auf sein Gesicht abzeichnete, wobei darauffolgend die Mitglieder, ihn mit einem fragenden Eindruck ansahen.

Er fuhr mit der Sitzung weiter.

„Die ausserordentliche Zusammenkunft und Sitzung von heute, hat einen besonders, schwerwiegenden, unschönen Grund im Gegensatz zu den 200 Milliarden.

In der Geschichte des Gesamten 18-Jährigen Bestehen des Circles, sind ungeahnte Risiken aufgetreten, welche schwerwiegende Folgen für uns Alle haben könnten, in privater Hinsicht, sowie auch für die Grosskonzerne, da ja folglich, alles miteinander zusammenhängt.

Ich möchte kurzum zur Angelegenheit kommen, nicht um den heissen Brei reden, ihr kennt mich ja, unnötige Zeit zu verlieren liegt nicht in meiner Natur. Irgendwo, ist ein massiver Fehler in der UIC aufgetreten. Ich bin zuerst von einer undichten Stelle von einer internen Person ausgegangen, wobei Dies fast unmöglich ist, da wenige für den Circle arbeiten. Aber das Computersystem vom Circle ist tatsächlich gehackt worden."

Zugleich ging ein Raunen und Geflüster durch den Saal.

"Durch unseren eigenen Computerspezialisten, welcher nur für den Circle zuständig und angestellt ist, ein guter Freund von mir, hat festgestellt, dass von allen 30 Grosskonzernen die Namensrechte verletzt worden sind, sowie in diesem Zusammenhang abermals die Geldsumme von 7-7.091-30~200 Milliarden Dollar auftauchte.

Die komisch dargestellte Zahl ergab mir im ersten Augenblick keinen Sinn, doch nach einiger Zeit begriff ich was sie darstellte.

Ich habe mir reichlich Gedanken darüber zerbrochen, dass dem so ist, bevor ich euch einen Expressbrief zukommen liess, um Diese dringende Sitzung einzuberufen."

CEO von der Keitersmann Holding unterbrach Don voreilig, welcher gerade zu den nächsten Sätzen ausholte.

"Don ich verstehe nicht ganz, was du meinst mit den Namensrechten der Grosskonzerne, sowie Das, mit der Zahl von 7-7.091-30~200 Milliarden Dollar?"

„Lasst mich vorerst bitte ganz ausreden.

Die Namensrechte wurden ganz genau gesagt, von unseren eigenen 30 Grosskonzernen verletzt, so gesehen, solltet ihr eigentlich durch eure Rechtsabteilung, welche für die Wahrung und Verletzlichkeit der Namensrechte, Patentrechte, Produktrechte zuständig ist, informiert worden sein.

Früher in meiner Zeit, stand weit oben an oberster Stelle die Firma, der Konzern oder die Aktiengesellschaft, dann vielleicht an zweiter Stelle die Mitarbeiter inklusive den Managern.

Heutzutage besteht leider in Grosskonzernen mit tausenden und zehntausenden von Mitarbeitern, welche wie ein undurchschaubares Labyrinth und Konstruktionen darstellen, zum Teil ein grosses Desinteresse an der Firma selbst, wobei ich mich nicht gross dazu äussern möchte, da es ansonsten der Rahmen unserer Sitzung sprengt.

Weiter im Text, ich und Dave Campyer (Computerspezialist) sind der Hackerattacken sowie die Verletzungen der Namensrechten nachgegangen, denn bei den anderen internationalen Grosskonzernen, welche natürlich nicht Mitglieder vom Circle sind, ist dieses Phänomen nicht aufgetaucht. Ich werde mich später, noch dazu genau äussern.

Die Geldsumme von 7-7.091-30~200 Milliarden Dollar, genauer gesagt die Zahlenkombination stellt dar oder steht für folgendes: Die Zahl Sieben steht für die ersten Mitglieder vom Circle.

Die 7.091 Milliarden Dollar ist genau die eingebrachte Gesamtsumme in den Fond der Previnbank, von den sieben Mitgliedern.

Die Zahl 30 bedeutet, die jetzige Mitgliederzahl vom Circle, sogleich die Zahl ~200 den Wert vom Hauptkonto von der UIC darstellt."

Gerade wurde Don wieder unterbrochen, als Dr.Westermann vor sich halb fluchend den Sitzungssaal betrat und seinen Platz suchte, wobei Don meinte, jetzt sind wir vollzählig und dann mit dem Vortrag weiterfuhr.

"Für einen Aussenstehender ist die Zahlenkombination nicht nachvollziehbar, sogleich auch deren Bedeutung nicht klar, aber für uns, bei ein bisschen nachdenken, kinderleicht zu verstehen.

Ich habe Dave den Auftrag gegeben der Sache nachzugehen um Informationen zu sammeln.

Die Person konnte identifiziert werden mit dem Namen Danny Chester, wohnhaft in Detroit.

Bis jetzt sind keine Geldsummen gefordert worden für das Stillschweigen seines Wissens.
Jedenfalls haben wir jetzt, einen unerlaubten und unbeliebten Mitwisser, womit der Circle erpressbar wird, zuzüglich den Grosskonzernen, inklusive uns allen. Somit müssen wir heute dringend zu einer Entscheidung kommen, welche uns dann zum baldigen sofortigen Handeln zwingt.
Daraus Resultierend sind verschiedene Situationen möglich:
Punkt 1: Danny Chester fordert eine Geldsumme, es wird bezahlt, danach belässt er die Erpressung, welches in den meisten Fällen unwahrscheinlich ist.
Punkt 2: Danny Chester fordert mehrmals eine Geldsumme, es wird mehrmals bezahlt, und trotz der Bezahlung, tritt er an die Öffentlichkeit und gibt die Informationen an die Medien weiter, das absolute Horrorszenarium.
Punkt 3: Eher unwahrscheinlich aber möglich. Ohne Bezahlung geht Danny Chester an die Öffentlichkeit und gibt die Informationen an die Medien weiter aus persönlich motivierten Gründen, wiederum ein Horrorszenarium. Persönlich motivierte Gründe könnten zum Beispiel sein: Eine Entlassung von Danny Chester fristlos oder nicht, bei einer unseren Grosskonzernen.
Er fühlt sich ungerecht behandelt und will es uns so richtig heimzahlen. Oder er hat politische Ambitionen, wie gegen die Öffnungen von freien Märkten, gegen internationale Grosskonzerne im

allgemeinen, oder Chester ist ein grüner alternativer Kommunist.

Punkt 4: Er ist berufstätiger Hacker, oder ein Hobbyhacker mit relativer hoher Intelligenz, will einfach schauen wie weit er gehen kann.

Jedenfalls müssen wir davon ausgehen, dass Danny Chester ein hohes Mas an Computerkenntnisse besitzt, ist evtl. auch ein Computerspezialist mit Masterabschluss.

Punkt 5: Lass ich aus, denn es sind natürlich mehrere Möglichkeiten offen, somit erwähnte ich auch die Wahrscheinlichsten nach Reihenfolge 1-4, welche eintreffen könnten.

Bitte meine Herren ich erwarte eure Ideen und Vorschläge."

Die CEOs wie Verwaltungsratspräsidenten begriffen allmählich langsam wie schwerwiegend die Situation war, welches zu einer heftigen beginnenden Diskussion führte.

Dr.Westermann, kam den ganzen Tag lang nicht mehr aus dem Fluchen und seiner inneren Unruhe hinaus, er begriff als Erster von Allen die Situation und Problematik. Er glaubte die Sitzung wurde einberufen um über die baldige Realisierung der 200 Milliarden Grenze zu diskutieren und vor-zu feiern, etwas Erfreuliches mit klirrenden Weingläser beim Anstossen, nicht verdammt nochmal über so einen absoluten Scheiss.

Seine Albträume drängten sich von seinem Unterbewusstsein hinauf an die Oberfläche und vermischten sich mit der Realität.

Er konnte sich jetzt, mit diesen Informationen ein Versagen in der Realität tatsächlich vorstellen, wie in diesem verdammten Roulettekessel.

Seine schlimmsten Albträume konnten Real werden, er sah wie das Gold aus seinen Händen rannte wie Sand am Meer, sinnbildlich natürlich, sonst ein Ding der Unmöglichkeit.

Somit stellte er als erster eine Frage wobei der Schweiss aus seiner Stirn drang "Don, wie konnte Das nur passieren, die UIC ist eine unbekannte, wie geheime Bank, mit wenig, genauer gesagt mit fast keinen Mitarbeitern, da die ganze Hardware, wie Software nach meinem Wissen auf dem neuesten, aktuellsten Stand ist?"

Don Brenner reichte die Frage an Jep Den Wipperis weiter, denn der Computerspezialist Dave Campyer gehörte nicht zu den Mitgliedern vom Circle, somit wurde er auch nicht in die Diskussion einbezogen.

" Vollkommen korrekt, das Computersystem von der UIC ist absolut auf dem neuesten Stand mit unzähligen Abwehrprogrammen, der teuersten Firewall die auf dem weltweiten Markt erhältlich ist, zudem wurde eine eigens entwickelte Software von Dave Campyer mit verschiedenen Verschlüsselungs-und-Überwachungsstechnicken installiert.

Die UIC scheute keine Kosten für die Sicherheit der Computersysteme, ist um das Dreifache teurer als bei einer handelsüblichen Bank.

Wir alle wissen, wie auch immer wieder in den

Zeitungen berichtet wird von Hackerattacken bei Firmen, Staatsbetrieben, Staatsbehörden usw., sogar die NSA ist schon gehackt worden, Dies mit verschiedenen Absichten und Hintergründen, somit ist auch die UIC nicht gefeit davon."

Don Brenner übernahm das Wort "Ich hoffe Karl, die Antwort reicht dir aus.

Wir sollten uns wirklich absolut auf Lösungswege konzentrieren, denn wir müssen heute eine vertretbare Entscheidung fällen, ansonsten läuft uns die Zeit davon, eine weitere derartige Sitzung lohnt sich nicht. Denn, wieso und warum diese Situation entstanden ist, und wir es mit einem Danny Chester zu tun haben bringt nichts. Also bitte meine Herren."

„Trotzdem Don, konnte die Sicherheitslücke bei der UIC geschlossen werden?" hackte Westermann nach.

„Dave versicherte mir das ein weiteres Eindringen in das Computersystem nicht mehr möglich ist, diese Antwort reicht mir vollkommen aus von Dave, er geniesst mein vollstes Vertrauen, zudem überwacht er jetzt fortwährend das System und die Programme mit beträchtlichem Aufwand.

Trotzdem hat Chester das Wissen und Informationen über die UIC illegal sich zu Eigen gemacht."

CEO von der Bank DCNight Chase&Co" Ich würde gerne mehr über die Person Danny Chester erfahren, wurde ein Privatdetektiv auf ihn angesetzt?"

Don" Chester ist 29 Jahre alt, wie erwähnt wohnhaft in Detroit, arbeitet zurzeit angestellt als

Elektroinstallateur in einer kleinen 5 Mann Firma namens Detroit Elektro&Co. Informationen wurden von Dave zusammengetragen, ein Privatdetektiv wurde zurzeit nicht auf ihn angesetzt."

Wiederum Wany Sommerset von DCNight Chase & Co, eine der drei wenigen anwesenden Frauen im Saal." Ich denke mir, einen Privatdetektiv anzuheuern wäre Sinnvoll für mehr Informationen zu sammeln, zudem schlage ich vor, vorerst abzuwarten bis auf Weiteres.

"Michael Friedli von der Nopharmica Chemie aus der Schweiz." Schliesse mich Wany an, bis jetzt sind zu wenig Informationen vorhanden um übereifrig zu reagieren."

Lef Wenderburg von MevronOil kam scharf zu Wort" Was meinst du mit oder von übereifrig, jetzt ist sofortiger Handlungsbedarf notwendig, wir in unserer Firma lösen solche Fälle mit einer der bekanntesten internationalen Anwaltskanzlei Backenzie, mit den halt teuersten Anwälten. Dan Chister oder wie auch immer er heisst, muss nur so richtig unter Druck gesetzt werden, mit Androhungen von Strafmassnahmen und Verfolgung, bis, wenn nötig zur Klageerhebung."

Dr.Westermann schoss aufgebracht ins Wort von Lef" Wie stellst du dir Das eigentlich vor, das können wir auf gar keinen Fall veranlassen, bist du dir eigentlich mit den Risiken im Klaren. Wir können folglich nicht Wissen wie Dan Chister, verdammt nochmal wie heisst er zugleich nochmal Don?"

Don "Danny Chester."

„Ja, genau, wo bin ich stehen geblieben, habe den Faden verloren, wir können nicht Wissen wie Danny Chester folglich darauf reagiert, da sind zu viele Unbekannte.

Zudem hasse ich Anwaltskanzleien wie die Pest, das sind einfach ausgefrorene Gauner, welche meinem Konzern der Deutschen Spar&Anlagenkasse Unmenge Geld kosten, von dessen Leistung gar nicht zu erwähnen, schon gar nicht die Gerichtsurteile mit ihren Richtern, ohne irgendeine Ahnung von der Weltwirtschaft.

Bist du dir bewusst, dass du das absolute Gegenteil erreichst, somit ziehst du nur noch mehr Mitwisser ins Boot, bis zur Eskalation mit den Medien und der Öffentlichkeit. Das war absolut unüberlegt von dir.

Es ist einfach Tatsache, wortwörtlich können wir nicht mit einem absolut illegalen System, wenn ich das mal so nennen darf Don, hohe Summen durch den Circle nebenbei verdienen, welches um das Vielfache von unserem Jahressalär ist, worüber schon in den Medien und in der Öffentlichkeit heftig diskutiert wird und wurde, dass mit aller Schande über die Manager, wörtlich uns gemeint.

Eben wie gesagt, wir müssen schon den Tatsachen in die Augen blicken und nicht die Scheuklappen anlegen, wir riskieren Kopf und Kragen, Dies nicht nur im wörtlichen Sinn."

Alle Mitglieder lauschten Karl aufmerksam zu und bestätigten mit einem Nicken seine Rede.

Lef eingeschnappt "Karl für deine schlechte Laune haben wir hier alle nichts dafür, wie die Geschichte mit deinem super neuen Privatjet, bis jetzt hast du uns auch noch keinen Lösungsvorschlag unterbreitet?"

„Ja ja" wie leck mich doch am Arsch, welches nur die wenigen deutschsprachigen Manager verstanden, mit der Reaktion eines Schmunzelns auf den Lippen, sprach Dr.Westermann weiter. "Lef, ich muss ehrlich zugestehen, mit diesen kürzlich aktuellen Informationen, ist mir wirklich noch keine sachliche und nützliche Idee eingefallen, zudem glaubte ich, die Sitzung wäre zum erfreulichen Anlass der baldigen 200 Milliardengrenze einberufen worden. Ich, und wir alle brauchen mehr Zeit um Nachzudenken, über dieses Fiasko. Du musst meine Argumentationen nicht persönlich nehmen."

Lef, mit englischem Akzent, «Ja, ja», und schmunzelte zerknirscht.

Don, "Verstehe natürlich, dass die meisten von euch mit dem Hintergedanken der erfreulichen 200 Milliardengrenze hierher angereist seid, zu meinem eigenen Bedauern, wie auch Gründer vom Circle, ist nun das Thema der Sitzung anderweitig. Der Gedanke und Ansatz von Dr.Westermann, mit dem Wort oder Satz, der kürzlich aktuellen Informationen, gebe ich euch allen nach dem Essen eine halbe Stunde Zeit dafür. Also meine Herren, die Sitzung wird später weitergeführt, ich erwarte Konstruktive Lösungen, und Dies unbedingt heute, der Zeiger von der Uhr zeigt 5 Minuten nach acht, begeben wir uns jetzt zum Abendessen. Der Küchenchef persönlich, teilte mir mit, dass ein vorzügliches Festmahl für uns zubereitet wurde mit kulinarischen Köstlichkeit der absoluten Spitze, lassen wir uns einfach überraschen und unsere Gedanken für eine kurze Weile an einen anderen Ort abschweifen, wieso nicht in die Südsee, an einen perlweissen Strand. Guten Appetit."

Wobei Don Brenner Allen voran, voraus schritt, wie immer.

9. Sen Kanter und Phillippe Mekenter

Zur gleichen Zeit, wobei die Sitzung seit über einer Stunde abgehalten wurde, betrat Sen Kanter das menschenleere Entree vom Hotel, spazierte lässig zur Rezeption, begrüsste seinen langjährigen Freund aus der Schulzeit und der Football Mannschaft, den Concierge Phillippe Mekenter.

„Hallo Phillippe, was ist denn bei euch los, überrascht sah ich vom Glashaus, während meiner Arbeit, die unzähligen Bonzenlimousinen heranfahren, sowie die etlichen Krawattenaffen aus ihren Fahrzeugen aussteigen, was läuft hier eigentlich?"

Phillippe erwiderte "Hallo Sen, schön besuchst du mich mal wieder. Keine Ahnung, ich weiss es auch nicht ganz genau, eine Sitzung ist hier im Gange, welche kurzfristig, noch kurzfristiger geht's nicht, einberufen wurde. Soviel hohe Tiere habe ich schon lange nicht mehr an Ort und Stelle gesehen, genauer gesagt noch nie. Sogar Don Brenner der Verwaltungsratspräsident der Bläckybank ist anwesend, muss anscheinend ausserordentlich wichtig sein.

Der Stadtpräsident von Boston, schleicht auch irgendwo in der Gegend herum.

Der Besitzer vom Hotel, die Bläckybank, anvisierte den Hoteldirektor, das Hotel diskussionslos für mehrere Tage zu räumen, ansonsten für den 4.und 5.November.

Der kopfschüttelnde Hoteldirektor folgte den Anweisungen, erzählte irgendeine Geschichte den Touristen und Geschäftsleuten, von Wasserschäden und elektrischen Kurzschlüssen, welche durch Handwerker-Firmen per sofort behoben werden müssen. Erwähnte die Sicherheit und sonstige Argumente.

Den Gästen wurden andere Zimmer in der Stadt Boston reserviert, erhielten sogar einen Gutschein in der doppelten Höhe der Hotelbuchung, was natürlich Jeden freute. In meiner ganzen Karrierezeit erlebte ich so was nicht."

„Schade Phillippe, erzähltest du mir nichts davon, vielleicht hätte ich bei euch auch eingecheckt um einen Gutschein zu ergattern."

„Ja Sen, du bist ein Schlitzohr." Beide fingen an zu lachen.

Nach einem Kaffee und weiterem Geplauder fragte Phillippe Sen mit einem Augenzwinkern" So hättest du Zeit und Lust Sen, heute könnte sich die Gelegenheit ausgesprochen lohnen, du verstehst sicherlich was ich meine?"

Sen nickte und grinste nur, denn seine Arbeit im Glashaus war beendet und verrichtet zum guten Glück.

Die richtigen lukrativen Geschäfte fingen erst an.

"In genau 15 Minuten Sen", wobei Beide ihre Uhren abglichen, „gehe ich zum Hauptsicherungskasten."

„OK, alles klar, wir sehen und hören uns."

10. Fortsetzung Kapitel 8 (Sitzung Circle)

Etwa um 23.15 Uhr nach dem reichhaltigen Essen und der halbstündigen Gedenkpause, mit ausgesprochenem Alkoholverbot für die Aktivierungserhaltung der Gehirnzellen und Vorbeugung der Müdigkeit, wie es Don Brenner nannte, wurde die Sitzung weitergeführt.

Jim Stayli, welcher während dem fast Gespräch-losem Essen nachdachte und grübelte, tief in seinen Gedanken versunken, ergriff überraschenderweise für die Mitglieder, energisch das Wort.

"Tut mir leid, auch wenn es für euch teils hart erklingt, ich bin zum Schluss gekommen, dass die Zielperson Namens Danny Chester eliminiert werden sollte und muss. Ich würde den Auftrag mit voller Verantwortung übernehmen, zur Sicherstellung und Weiterführung des Circles.

Womit vor allem in erster Linie unsere Sicherheit, und dann der Grosskonzerne gewahrt wird, ansonsten hat Dies ungeahnte, fatale Konsequenzen für uns."

Don Brenner freute sich ungeheuerlich über die Antwort und den Einsatz von Jim Stayli, lies es sich nicht anmerken, die Antwort auf die Lösung dessen Problem war absolut korrekt. Don dachte lange Zeit beim konkreten auftauchen der Gefahr nach, kam schlussendlich zum gleichen Ergebnis wie Jim Stayli. Jim wollte sogleich mit seiner Rede fortfahren, als

Im Gegenteil zu Don, schauten alle Mitglieder halbwegs geschockt und erstaunt, Jim Stayli an, welches zu einer weiteren hitzigen Diskussion führte. Hatten die Mitglieder wirklich richtig gehört was Jim vorschlug, oder den vorgetragenen Satz etwa falsch verstanden?

Keines der Mitglieder wäre nur Ansatzweise jemals auf die Idee gekommen, dass, das Ganze mit einem Mord enden soll, nur die Vorstellung davon, brachte die ganze Sitzung ausser Kontrolle und zu einer Eskalation, einige Mitglieder wollten den Saal verlassen.

Don Brenner griff ein, damit die Sitzung nicht aus dem Ruder lief.

Don ermahnte Jim mit einem lauten Lachen.

"Ich entschuldige mich für das übereifrige Vorgehen von Jim und seiner Antwort auf die Lösung des Problems, wie ihr alle wisst, war Jim bei der Armee, welche natürlich solche Angelegenheiten auf eine andere Art und Weise lösen. "

Don lachte abermals laut auf, um zu unterstreichen, dass Jims Vorschlag, eher ein Witz darstellte und glich.

„Zudem würde allenfalls noch die Idee auftauchen als würde die Bläckybank ihre Geschäftsprobleme mit Auftragsmorden oder Sonstigem lösen, wäre natürlich auch zu Überdenken."

Brachte Don, als kleinen Witz ein.

Ein Teil der Mitglieder, reagierten mit einem geschmähten Lachen, oder ausdruckslosem Gesicht, aber die meisten Circle-Mitglieder konnten wieder einigermassen entspannt durchatmen.

Jim Stayli war verärgert darüber, wie ihn Don ermahnte und zurückwies.

Michael Friedli meinte lächelnd und mit entspannten Gesichtsausdruck, „Jim, du kannst uns nicht mit solchen Antworten schockieren, und über diese heikle Situation makabre Witze zur Lösung des Problems einbringen.

Ich bin nach wie vor der gleichen Meinung wie Wany, warten wir mal ab, wie sich die Situation entwickelt, wie Danny Chester weiter vorgeht, beheben die Namensrechtsverletzungen per sofort und engagieren eine Privatdetektei, welche rund um die Uhr, Danny Chester bewacht.

Zudem, sollten wir ein oder zwei Mitglieder vom Circle bestimmen, welche nahe am Geschehen sind, genauer gesagt in den USA wohnhaft sind, welche die Operation leiten, und wenn nötig, alle Mitglieder informiert.

Bei einer Eskalation, muss schlimmstenfalls, nochmals eine Sitzung abgehalten werden.

Ich schlage vor, wir stimmen jetzt darüber ab, ich habe keine Lust, bis weit in die Nacht hinein, über Danny Chester zu diskutieren."

Don, „OK, ich übernehme dankend deinen Vorschlag entgegen, ich berufe somit nochmals eine halbstündige Pause ein, um sich zu beruhigen, um die Beine auszutreten, eins zu rauchen, vor allem sich über den Vorschlag von Michael und Wany Gedanken zu machen, danach stimmen wir ab."

Nach der langen 40-minütigen Pause traten

nochmals alle Mitglieder übermüdet den Sitzungssaal.

Don übernahm sogleich das Wort" So, jetzt können wir weiterfahren, bitte schaut alle nach vorne, alle wichtigen Informationen sind auf der Leinwand projiziert, die linke und erste Spalte beschreibt Danny Chester, die Zweite, die derzeitig entstandenen Situationen, die dritte Spalte, was für folgen daraus resultieren, die Vierte, Lösungsvorschläge von euch, Vorschlag Jim wurde natürlich ausgelassen, "alle schauten wiederum Jim an, "mit der fünften Spalte habe ich versucht, die zukünftigen Reaktionen von Danny Chester nieder zu schreiben.
Bitte studiert jetzt für kurze Zeit, ca.5 Minuten, den niedergeschrieben Text von mir auf der Leinwand."
Nach den angesagten verstreichenden 5 Minuten, wurden daraus 35 Minuten, da doch einige Mitglieder zusätzliche Fragen an Don richteten, welche er langsam ein wenig genervt beantwortete.
„Wir stimmen nun über Wanys und Michaels Vorschlag ab, die Mehrheit bestimmt.
Bei nicht Annahme, wird die Sitzung bis zum endgültigen Abschluss geführt."
Don zählte die ausgestreckten Hände ab, respektive die nicht ausgestreckten, welche in absoluter Minderheit waren, die Abstimmung war eindeutig.
„OK, nun ist alles klar, 25 dafür, 5 dagegen. Wanys und Michaels Vorschlag wurden eindeutig vom Circle angenommen."
15 Mitglieder standen voll für Wanys und Michaels

Vorschlag, vier Mitglieder fragten sich wozu sie überhaupt nach Boston flogen für eine solche Lächerlichkeit, dessen sie mit üblichen rechtlichen Mitteln gelöst hätten nach Lef Wenderburg Argumentation, zehn Mitglieder interessierte die Angelegenheit nicht gross, wollten endlich die langandauernde Sitzung bald zu Ende führen und stimmten einfach dafür.

Jim behielt seine Meinung und Standpunkt, stimmte dagegen.

Die Mitglieder gaben den Auftrag an den Verwaltungsratspräsidenten Don Brenner und mit leichtem, eher schwerem bedenken, nach Vorschlag von Don Brenner an Jim Stayli, für die Ausführung und um die eingegebenen Massnahmen umzusetzen und zu vollziehen.

Als Vermittler, und Kontaktperson zu den Mitgliedern, wurden Michael Friedli und Wany Sommerset ernannt. Um 1.00 Uhr spät in der Nacht, genauer gesagt am Morgen, beendete Don Brenner die Sitzung.

Alle waren komplett erschöpft, sowie übermüdet, durch Teils der langen Anreise und der dahinziehenden Sitzung. Die meisten Mitglieder gingen zu Bett, welche froh waren sich nicht mit dieser Problematik und Auftrag auseinanderzusetzen, konnten spätestens übermorgen ihrer üblichen Arbeit nachgehen, wobei einige andere Mitglieder noch dringende internationale Telefonate führten, bevor auch Diese, zur langersehnten Nachtruhe kamen.

11.Frühstückstisch im Bläcky

Der 5.November um 8 Uhr morgens, als alle Konzernbosse am Frühstückstisch im Bläcky sassen. Der grosse Speisesaal war vollkommen leer, mit unzähligen Tischen ohne Gäste, es kam das Gefühl auf, als sogleich eine grosse hereinstürmende Schar Touristen die Stühle in Beschlag nahmen. Auf dem reichlich gedeckten aneinander gestellten Tischen mit Kaffeekrügen und zehn verschiedenen Kaffeesorten, um die Manager wieder bei Laune zu halten und zur körperlichen und geistigen Höchstform zu bringen, Red Bull trinkende Manager würden kein guter Anblick sein.
Den Führungsorganen lag es in den Genen und der Natur, dass sie wenig Schlaf brauchten, sich schnell erholten, und schon in wenigen Minuten nach dem Aufstehen nur so von Energie strotzten, man konnte sagen, es waren hyperaktive,
Geld- und Machthungrige Menschen, mit einer hohen Intelligenz. Trotzdem sah man einigen Managern an, dass der gestrige Tag ihre Energiereserven beträchtlich in Anspruch genommen hatte, durch verschlafene gähnende Gesichter, geringe Gesprächsfreudigkeit.
Don versuchte den Trupp aufzuheitern, lies einige Witze über die Finanzindustrie aus seinen alten Tagen von sich hören, obwohl ihm selber nicht danach zumute war.

Denn, der Circle wurde zum allen ersten Mal von den Mitgliedern selbst in Frage gestellt, das passte Don Brenner überhaupt nicht, ganz und gar nicht. Die innerliche Wut brannte immer noch in ihm und konnte nicht loslassen, Das seit der gestrigen Sitzung.

Die Begründung der Mitglieder: Beim öffentlichen bekannt werden und auffliegen des Circles, Kenntnisnahme der Justiz, vor allem der Amerikanischen, welche jenseits der Vorstellungskraft keine Grenzen bei Geldbussen kannte, auch mit Gefängnisstrafen und persönlichen Bussen, welche sehr wahrscheinlich nicht nur gering ausfallen würden, geschweige von einer Bewährung abgesehen. Der Circle stellte eine viel zu grosse Angelegenheit dar, da müsste man schon tomatisiert sein auf den Augen.

Einfach gesagt, der Circle war und ist eine kriminelle Vereinigung in der realen Weltwirtschaft.

Dem Weiteren wurde die Frage gestellt, ob der Circle weitergeführt werden soll, oder ob man das Konstrukt, auf eine andere Art weitergeführt werden sollte.

Diese Fragen und Andere sollten bei der nächsten Sitzung diskutiert werden. Nach Don Brenner wird solchen Gleichens überhaupt nicht diskutiert, auf gar keinen Fall, er würde sogleich dieses Thema abblocken, und wenn's sein muss, die Sitzung Diskussionslos verlassen.

Im Gegenteil zu den Mitgliedern, sah Don Brenner den Circle als Eine, respektive seine Genialität in der

Geschichte der Wirtschaft an.

Bei den Gedanken erbleichte Don Brenner, riss sich kurzerhand wieder Zusammen um keine Schwäche zu zeigen, solange er lebte würde der Circle bestehen, auch wenn er dazu, seine eigenen ganzen Kräfte mobilisieren musste, Geld spielte dazu keine Rolle und die dazu nötigen Personen zu bestechen, sowieso nicht.

Das Konstrukt Circle, konnte jeder Zeit, wie eine Baustelle aufgestellt, verändert, abgerissen, umbenennt, verlegt werden. In seinen Gedanken verloren trat der Hoteldirektor Frank Salvet an Don heran.

Don zuckte zusammen als er hinterrücks die Stimme Hörte, " Es freut mich Herr Brenner und sie Alle, wiedermal als Gäste in unserem Haus zu begrüssen, ich hoffe sie verbrachten hier bis jetzt eine angenehme Zeit und wurden bestens bedient. "

Don konnte den Hoteldirektor nicht ausstehen, somit klang auch eine leichte unüberhörbare Ablehnung aus seiner Stimme heraus.

"Bis jetzt sind wir alle sehr zufrieden Herr Salvet, sind auch keine anderen Gäste anwesend, wie haben sie die Aufgabe mit der Räumung der Hotelgäste in so kurzer Zeit vollbracht?"

„Danke Herr Brenner, ich habe als Erklärung bauliche Defizite und dringende notfallmässige handwerkliche Arbeiten am Hotel Bläcky den Gästen kommuniziert, erstaunlicherweise lief alles ohne irgendwelche Probleme ab, die Gäste nahmen es gelassen an, als ich ihnen ein lukratives Angebot präsentierte."

Don konnte es nicht lassen zu erwähnen" Hoffentlich nicht zu lukrativ, wieso sehe ich sie, Herr Salvet, eigentlich erst heute, bin eigentlich nicht gewohnt, dass der Hoteldirektor die Gäste einen Tag später begrüsst."

Interessiert lauschten die Anwesenden am Tisch zu, ob sich eine Konfrontation zwischen Hoteldirektor und Don Brenner anbahnte, diese blieb aber aus.

"Herr Brenner, leider erledigte ich gestern wirklich dringende und private Geschäfte, ich muss mich jetzt leider entschuldigen denn es warten doch noch einige Arbeiten im Bläcky auf mich."

Don "Ja, wir wünschen ihnen auch noch einen schönen Tag."

Salvet verschwand so rasch wie möglich, um sich nicht noch in weitere Diskussionen mit Don Brenner zu verstricken.

Don überlegte sich, ob er beim Personalbüro, den Wochen-und Monatsrapport anfordern sollte von Salvet, um nachzusehen, ob er den gestrigen Tag als Arbeitszeit verrechnen würde, dann konnte er die sofortige Entlassung von Herr Salvet einleiten, wieso eigentlich auch ohne Begründung fragte er sich.

Es ist einfach ein unmögliches Benehmen eines Hoteldirektors, hochrangige angesehene VIP Gäste am nächsten Tag zu begrüssen wie zu empfangen, er sollte sich am Chefkoch ein Beispiel nehmen.

Er würde bei der nächst möglichen Gelegenheit veranlassen, dass der Koch eine höhere Entlohnung erhielt als der Hoteldirektor.

Während dem Morgenessen, wurden unter den Mitgliedern, verschiedene Themen über die gestrige Sitzung diskutiert, wie auch über das nächste einberufene Treffen des Circles, welches nicht mehr so spektakulär mit Betreff: Kurzfristigkeit, Landungen der Jets, Limousinen, Eskorte durchgeführt werden sollte.

Nach dem Morgenessen und den Gesprächen, verabschiedeten sich die Konzernbosse nacheinander von Don Brenner.

Die Piloten der Jets, wurden kurz nach dem erwachen der Manager instruiert, sowie auch informiert, um die Maschinen startklar zu machen, wenn nicht schon gestern Nacht, mit Ziel unterschiedlicher Destinationen in dieser Welt, womit die Konzernbosse wieder den Verpflichtungen und Verantwortungen der internationalen Grosskonzerne nachkamen.

Betreff Luftverkehr und den Jets: Jens Marshall hatte vorgesorgt und den Befehl erteilt im Tower, dass die Privatjets nicht mehr wie bei den Landungen, den öffentlichen Linienverkehr beeinflussen dürfen.

Die Jets durften nur so starten, dass kein einziges Linienflugzeug beeinträchtigt wurde.

Er selber, genoss seinen selbst anvisierten, freien Sonntag, ganz bestimmt nahm er keinen Anruf vom Stadtpräsidenten Jeremis Knicke-Arschloch entgegen.

So startete der letzte Privatjet, unter protest-sitzenden Managern in ihren Flugzeugen, erst um 20.00 Uhr nach Zürich.

Noch am Tisch zurückbleibend im Bläcky, waren Don, Jep, Jim und Karl.

Das Stimmengewirr der Mitglieder verschwand wie aus dem Nichts.

„Don, ich werde erst morgen früh nach New York fliegen, könntest du mir den Jet hierher zurückschicken, dass ich spätestens 9.00 Uhr Montagmorgen zurückfliegen kann", fragte Jim.

„Jim, bemerktest oder vergast du, wir sind mit meiner privaten Geschäftslimousine vom Flughafen Boston hierhergefahren.

Ich anvisierte vorzeitig meinen Chauffeur nach Boston zu fahren, denn ich habe einen geschäftlichen Termin, wobei mich Jep Den Wipperis begleitet, verfüge über den Jet wie es dir beliebt in der nächsten Zeit, OK?

Hör zu Jim, ich möchte mit dir, schnell unter vier Augen sprechen."

Don und Jim verschwanden in einen separaten Raum, nahmen an einem kleinen Tisch Platz.

„Also Jim, es ist folgendermassen.

Ich komme direkt zur Sache.

Ich unterstütze deinen Vorschlag voll und ganz, Danny Chester muss eliminiert werden, und Das so bald wie möglich."

Jim war perplex, und überrascht, über diese Antwort.

„Während der Sitzung, blieb mir nichts Anderes übrig, als die Meinungen und Vorschläge von den Mitgliedern nachzugehen und nachzugeben, ich hoffe du verstehst.

Die Mitglieder haben die Situation irgendwie komplett nicht kapiert, grob gesagt es sind Idioten, ich bin sehr enttäuscht, jedenfalls sind wir nahe am Aus mit dem Circle und nicht nur Das, wir riskieren Kopf und Kragen, du bist der Einzige, welcher begriffen hat.

Denn beim öffentlichen bekannt werden vom Circle ist unser Aller leben vorbei und ein Gefängnisaufenthalt sicher, denn Das, ist die negative Seite vom grossen Geld, wie immer. Wir müssen jetzt handeln und auf gar keinen Fall stehen bleiben.

Was mich am meisten wütend, stört und auch bedauert, sind die Reaktionen und Lösungsvorschläge der Mitglieder. Kann nicht sein, dass Diese, immense Summen privat kassieren aber keine Verantwortung tragen wollen, Dies auf Jahre hinaus.

Ich gebe dir den Auftrag, das bleibt absolut unter uns, das Problem per sofort, und ich meine per sofort mit Heute, anzugehen.

Also Jim, wie sieht genau dein Plan aus?"

„Danke Don, für dein entgegengebrachtes Vertrauen, ich bin tatsächlich Überrascht.

Folgendes, eine bestimmte Person, tauchte in meinem Hinterkopf auf, welcher den Auftrag übernehmen könnte. Ich werde so bald wie möglich diese Person nach dem Morgenessen per Telefon kontaktieren, die Eliminierung von Danny Chester ist folglich klar."

OK Jim, informiere mich so bald wie möglich über das weitere Vorgehen, für diesen Augenblick reichen mir diese Informationen, wir gehen jetzt zurück in den Speisesaal um Jep und Karl nicht lange warten zu lassen."

Don blickte zu Dr.Westermann, welcher er absolut leiden konnte und sprach ihn an, "Ich danke dir nochmals für den Wein und die Neujahrswünsche, hoffe natürlich Betreff diesen Januar auf dich zählen zu können, sehr wahrscheinlich kannst du den letzten Wein nicht mehr übertreffen und toppen. Was machst du noch mit dem angebrochenen Tag, fliegst du sogleich zurück?"

"Ich werde heute mit Jim noch die Stadt unsicher machen. Mein neues Flugzeug, erlitt unglaublicher weise einen technischen Defekt, wobei morgen Früh Samuel mit Diesem eintreffen wird, dann nach dem betanken ca. um 10.00 Uhr ist der Jet startklar.

Auf Samuel ist 100% verlass. Nach diesem ganzen Debakel, werde ich, respektive der Konzern, durch meine sofortige Veranlassung, eine zweite Maschine zulegen, ohne Wenn und Aber, wenn ich in Frankfurt eintreffe.

Don erwiderte mit einem Lächeln, "Ihr seid noch jung Karl, wobei ich sogar euer Vater sein könnte. Muss, auch einmal sein, in der heutigen, schnell lebenden Zeit, um den Kopf wieder frei zu bekommen, um während der Arbeitswoche in Boston herum zu schlendern.

Früher in meiner Zeit, sind wir Gott sei Dank, noch von den medialen technischen Geräten verschont geblieben, ohne Diese, aber heute total aufgeschmissen, vor allem in unserer Branche, nur als Beispiel mit der amerikanischen Hausfrau von Heute, welche nebenbei beim Kochen über das Internet, fast in Echtzeit, Aktien kaufen wie verkaufen und handeln kann, Dies weltweit an unterschiedlichen Börsenplätzen.

Vor Jahrzehnten, als unglaublich und unvorstellbar gegolten.

Karl, möchtest du nicht morgen nach New York kommen mit Jim, ich lade dich ganz herzlich ein. Bei einem guten Glas Wein, hätten wir sicherlich viele tolle Gesprächsthemen."

„Leider muss ich dir mit herzlichen Dank absagen, denn morgen muss ich in Frankfurt erscheinen, denn sehr wichtige Sitzungen und Termine sind von Meiner Chefsekretärin schon angesetzt und vereinbart, da meine Anwesenheit unabdingbar ist. Aber nächste Woche könnte ich einen Abstecher nach New York eventuell tun, um mal für mich persönlich, private Einkäufe zu tätigen.

Ich werde dich per Telefon bald benachrichtigen."

Don freute sich auf diese Nachricht, denn irgendwie hatte er gefallen an diesem Typ Karl.

"Ich werde dir erst neueröffnete Läden in New York zeigen, wo echte antike Schätze und Raritäten zu kaufen sind aus Ägypten und Südamerika, welche teilweise auch aus Gold sind. Du Karl, welcher das

Gold so liebst, wieso schürfst du eigentlich nicht gleich selber nach Gold wie zum Beispiel in Alaska?"
„Komisch Don. Kannst du eigentlich meine Gedanken lesen, Dies werde ich wirklich nach meinem Ruhestand tun und verwirklichen.
Ich werde mir tatsächlich einen professionellen Trupp zusammenstellen um professionell nach Gold zu suchen, vielleicht wie gesagt in Alaska. Geld hat nach meiner Karriere nicht mehr den Stellenwert wie vorher, wobei es eine richtige Sucht danach ist, vor allem sieht man daran seinen Erfolg, welcher messbar ist an den Zahlen, natürlich das Wichtigste an seinem Lohn. Den angebotenen Verwaltungsratssitz der Bank nach meiner Abgabe des CEOs, werde ich beibehalten um noch eine gewisse Zeit abzukassieren unter uns gesagt. "Bei den Worten lächelte er schelmisch.
Don, Jep und Jim Stayli stimmten ein in sein Lachen, Karl mit seinem ewigen Gold. Hauptsache er hält nicht zugleich wieder einen Vortrag über Gold und seinen Stellenwert in der Marktwirtschaft."
„Karl, du bist so ein richtiger Haudegen", entgegnete Jim.
Plötzlich nichts ahnend, stand der Stadtpräsident am Tisch.
„So habt ihr fein gefrühstückt?"
Die Gemeinten dachten, nicht schon wieder.
Don war in guter Stimmung und gab ein Zeichen, er solle doch Platz nehmen, wobei der Stadtpräsident Dies nicht zweimal sagen liess.
Don sprach Jeremis entspannt an, um ein wenig

Smalltalk zu betreiben" Wie geht's Heute unserem Stadtpräsidenten von Boston so?"

"Einfach phänomenal bei diesem wunderbaren stahlblauen Himmel und seit einer Woche anhaltendem schönen Wetter, ein wenig kalt, aber aussergewöhnlich für den Monat November, sieht im Gegensatz zu dem mittleren Osten und Westen anders aus, wo die eisige Kälte teilweise das Land im Griff hat. Hoffentlich bleibt es noch eine Weile so. Wie geht es euch Allen so? " und sah in die Runde und beantwortete die Frage gleich selber, ohne die Luft anzuhalten "sicherlich gut, wenn man im besten und angesagtesten Hotel logieren kann, das Wetter in New York wird das Gleiche sein wie hier, glaub sogar an der ganzen Ostküste?"
Jim übernahm die Frage "Richtig." Kurz und bündig um nicht noch mehr Gelegenheit den Stadtpräsidenten für eine Rede zu geben.
Brachte aber nichts.
Wie vorhergesehen kam keiner mehr zu Wort, als der Stadtpräsident wiederum ausholte, unablässig von seinen Errungenschaften und seiner Stadt erzählte, zwischendurch mit der Korrektur, unserer Stadt, statt meiner Stadt. Zudem bedankte sich Jeremis mehrmals bei Don und seinem Konzern Bläckybank&Investchase Groupe für die Spenden seiner Stadt, erwähnte alle Projekte nacheinander Die durch die Spenden am Laufen sind oder schon realisiert wurden.
Fragen zu stellen der Anwesenden, ein Ding der Unmöglichkeit, folglich beantwortete

Herr Knick-Fender die Fragen gleich selbst.
Nach langem Gerede des Stadtpräsidenten,
unterbrach Don das Szenarium und stand vom Stuhl
auf, wobei Alle gleich und zuletzt der Stadtpräsident
das Gleiche taten, während fort er immer noch
redete.
Ein bisschen lauter als Muss, fiel Don dem
Präsidenten ins Wort," Das alles Freut mich sehr
Jeremis."
Der Satz auf keinen Bezug genommen seiner Rede.
"Wie du weisst Jeremis, sind wir alle sehr fleissige
Männer, um weiterhin die Spenden für deine Stadt
sicher zu stellen, leider müssen wir jetzt abbrechen,
da wichtige Termine noch heute anstehen."
Jeremis kam leicht ins Stottern.
„Schade, Selbstverständlich Don, das weiss ich
natürlich alles, dass ihr Alle, sehr beschäftigte Leute
seid, und die USA auf solche Persönlichkeiten zählt,
welche den Fortschritt bringen und erhalten, sowie
auch in der Zukunft usw. bla bla bla...Ich hoffe, ich
kann auf dich, Jim und weitere Angestellte von der
Bläckybank zählen, beim Erscheinen auf unserem
bekannten Neujahrsball, vielleicht bringe ich es
sogar fertig, dass der Stadtpräsident von New York
höchstpersönlich erscheint.
„Selbstverständlich", gab Don mit einer Lüge zur
Antwort und speicherte in seinem Kopf die
Informationen ein, einen unbedeutenden
Stellvertreter zu schicken, wieso auch nicht die
Angestellten, vom Empfang, im Foyer der

Bläckybank. Er reichte dem Stadtpräsidenten die Hand zum Abschied und drehte sich um.

Durch die andauernde Beschallung der Stimme vom Stadtpräsidenten, taten Don die Ohren weh, und fühlte eine Art Durcheinander in seinem Kopf, wieso tat er Das sich an und forderte Jeremis zum Sitzen auf, hörte sein Geschwätz über 40 Minuten an, man konnte es sogar Folter nennen für einen 84 Jahren alten Mann, Jeremis hatte im wahrsten Sinne seinen Beruf verfehlt, war sehr wahrscheinlich bei der CIA besser aufgehoben als Verhörtechniker, andererseits waren alle Stadtpräsidenten wie auch die Politiker die gleichen Schwätzer, glaubten das Geld verdiene man ausschliesslich durch bis zu 80 Prozent blödes Gerede.
Dadurch schlug Don die falsche Richtung zur Tiefgarage ein, bis Jim ihm auf die Schulter klopfte.
„He Don, alles in Ordnung bei dir, den Jeremis Knicke-Schwätzer sind wir glaub los. Don meinte, "Glaube ich erst, wenn wir wieder in New York sind." Alle drei lachten über Dons Antwort.
„Also, unsere Wege trennen sich hier, Jim vergiss ja nicht den Auftrag, welcher dir von mir sowie vom Circle zugesprochen wurde, per sofort anzugehen und zu erfüllen, wie du ganz genau weisst steht sehr viel auf dem Spiel. "Don zwinkerte Jim zu und nahm ihn beiseite, aus der Hörweite von Jep und Karl, "vergiss nicht, dir darf kein einziger Fehler unterlaufen, ansonsten sind wir tatsächlich, wortwörtlich gesagt, voll am Arsch.

Die Angelegenheit darf auf keinen Fall zurückverfolgt werden, auf gar keinen Fall.

Jim, du hast mein vollstes Vertrauen wie auch vom Circle, du hast mich bis jetzt noch nie enttäuscht, darum habe ich dich auch als CEO in die Bläckybank geholt, du hast die vollste Unterstützung von mir sowie vom Circle."

„Danke Don, ich werde noch heute meine Anrufe tätigen um den Stein ins Rollen zu bringen, jedenfalls werde ich dich schnellst möglich nach meiner Ankunft im Hauptsitz informieren, für mich ist alles klar soweit, wünsche euch beiden eine gute Fahrt zurück nach New York, wie erfolgreiche Geschäfte unterwegs ", antworte Jim kühl.

Beide traten wieder zu Jep und Karl.

12. Aussergewöhnliche Verzögerung der Abfahrt von Don, Jep und dessen Chauffeur Tanny, vom Bläcky in Boston

Alle vier liefen zur Rezeption, welche von Abwesenheit von Phillippe Mekenter glänzte. Mehrmals schlug Don Brenner auf die Receptionsglocke, immer energischer, das Erscheinen von Mekenter blieb aus.

Karl wurde nochmals von Don Brenner angesprochen, "Wie gesagt, ich würde mich freuen auf einen Besuch von dir in New York, gib mir einfach unkompliziert Bescheid, OK? Nun wünsche ich euch Beiden, einen angenehmen und erholsamen Aufenthalt in Boston."

Karl und Jim verabschiedeten sich jetzt endgültig von Don Brenner und Jep Den Wipperis. Das Taxi konnten sie auch per Handy herbeirufen, auch ohne Rezeption. Beide begaben sich zum Haupteingang des Hotels.

In der Zwischenzeit war Don hinter die Rezeptionstheke getreten, suchte die Telefonnummer, um ihn direkt im Hotel anzuwählen, fand aber keine.

Plötzlich tauchte Mekenter aus dem Nichts auf, bis er vor Beiden stehen blieb und sie schelmisch begrüsste.

Das blöde grinsende Gesicht von Phillippe, brachte Don Brenner auf irgendeiner Weise in Rasche, zudem stank er übel nach Rauch. Gleich kam Don in den Sinn, dass wahrscheinlich Mekenter in einer Ecke einen Joint geraucht hatte.

„Verdammt noch mal, was erlauben sie sich eigentlich, fast 20 Minuten warten wir hier auf sie, was ist das für ein Saftladen. Ist das Standard hier, läuft das immer so ab, dass die Gäste auf den Concierge und Bedienung warten müssen."

Phillippe nicht gewohnt so angefahren zu werden, wollte Don Brenner mit der gleichen Münze heimzahlen, besann sich aber eines anderen, gerade noch rechtzeitig, denn Don Brenner war nicht irgendein Hotelgast, sondern der höchste Chef von der Bläckybank, somit auch indirekt der Chef vom Hotel. Per Zufall sah der Hoteldirektor Frank Salvet gerade die Auseinandersetzung der Beiden, welcher kurzerhand entschloss, sich unbemerkt aus der Konfrontationszone, wieder zurück zu seinem Büro zu bewegen.

„Tut mir leid Herr Brenner, es ist wirklich nicht Standard, die Rezeption unbeaufsichtigt zu lassen, leider sind wir gerade unterbesetzt durch die persönliche Anweisung des Hoteldirektors, da ja, sie wissen ja, das Hotel zurzeit nicht ausgelastet ist. Deshalb befand ich mich in der Tiefgarage um einige Aufgaben zu erfüllen."

„Aha, ab wann wird das Hotel wieder voll ausgelastet sein?", hackte Don Brenner nach.

Phillippe Mekenter gab leicht stotternd die ehrliche Antwort zur Frage zurück," Nach Hoteldirektor Frank Salvet sollten wir erst wieder in einer Woche anfangen die Zimmer zu vermieten, der Restaurantbetrieb ist auch eingestellt für eine Woche."

Don Brenner konnte die Antwort nicht fassen.

"Kommt gar nicht in Frage, der Hotelbetrieb wird sofort wieder aufgenommen, haben sie mich verstanden, das Hotel ist für die Feriengäste und Geschäftsleute, nicht ein Ferienparadies für die Angestellten. Fangen sie sogleich an, die Leute zu organisieren, und bitte informieren sie auch gleich den Hoteldirektor, nein lassen sie Das, ich werde gleich direkt zu Salvet marschieren." Don Brenner kam der Gedanke in den Sinn, dass dieser Salvet auch nirgends auffindbar war und lies sich vom zermürbten Concierge die Telefonnummer geben.

Scheisse dachte sich Mekenter, während Don und Jep wie auch der Chauffeur, der sich nach dem Ausstieg des Hotelliftes ihnen anschloss, den Weg zur Tiefgarage nahmen.

Im Treppenhaus angelangt, traten dann alle Drei durch die Tiefgaragentüre ins Dunkel. Dann suchten die den Lichtschalter, bis der Chauffeur Diesen tatsächlich fand und mehrmals betätigte, desto Trotz, das Licht ging nicht an.

Die tiefste Dunkelheit drang durch die ganze Tiefgarage, keine Sicht zur Limousine. Don fluchend voraus, nahmen sie Alle den gleichen Weg zurück zu Rezeption.

Telefonierend sah Mekenter wieder Don Brenner mit Begleitung vor sich stehen, er unterbrach den Anruf.

„Wie kann es sein das in der ganzen Tiefgarage das Licht nicht brennt, können sie mir darauf eine Antwort geben, da sie ja anscheinend dort, irgendwelche Dinge erledigten."

Unsicherheit machte sich bei Mekenter breit, er hatte vollkommen vergessen, die Sicherung der Tiefgarage zu aktivieren, respektive hinauf zudrücken, wie blöd konnte man nur sein, er hoffte, dass Don Brenner bald aus dem Hotel verschwand. Sogleich kam Phillippe in den Sinn, dass dem nicht so bald war, er log Don Brenner direkt ins Gesicht.

„Ich bin deshalb in die Tiefgarage gegangen ob die Sicherung abermals hinausgefallen war, ein technisches Problem muss vorhanden sein.

Ich werde sofort die Sicherung einbringen", und lief davon, ohne auf Don Brenners Antwort abzuwarten.

Don und seine Begleiter schüttelten nur so den Kopf.

Don avisierte jetzt den Chauffeur Tanny Miles, sogleich das Fahrzeug für die Abfahrt bereitzustellen, wobei sich Jep in der Limousine gemütlich warten und an der Limousinenbar verkösigen sollte.

Don lief den direktesten Weg zum Büro des Hoteldirektors, vorbei durch den Empfang, nicht beachtend die protestierende Sekretärin, welche ihn nicht kannte, riss die Türe vor den aufgeschreckten erstaunten Salvet auf.

„So nicht Salvet, was für einen Saftladen führen sie hier eigentlich, geht es ihnen eigentlich noch.

Den Hotelbetrieb für eine komplette Woche zu schliessen mit dem namhaften Restaurant der Stadt Boston mit gleich dazu. Die Rezeption ist auch nicht

besetzt, kein Licht in der Tiefgarage usw.
Sind sie noch bei Trost, wie dem Concierge schon gesagt, der Hotelbetrieb wird per sofort wieder aufgenommen, haben sie das kapiert. Per sofort."
Ohne auf die Antwort vom verdutzten Salvet abzuwarten, verliess er das Büro und schlug die Türe heftig zu. Beim Weg zurück, liefen ihm Jep und Tanny Miles entgegen.

„Was ist los, ist irgendwas passiert?"

„Das Licht brennt jetzt, aber Don, du glaubst es nicht, das Fahrzeug ist verschwunden, wir durchsuchten die ganze Tiefgarage ab.

„Wie meinst du Das, das Fahrzeug ist verschwunden?"

„Ich weiss, dass ich die Limousine im ersten Untergeschoss persönlich abgestellt hatte, das Fahrzeug ist wie vom Erdboden verschwunden."

„Also, so geht es nicht mehr weiter. Tanny, in der Zwischenzeit organisierst du Augenblicklich eine Limousine, oder schlimmstenfalls einen Mercedes bei einer Autovermietung, um Zeit zu sparen, soll dieses Fahrzeug direkt hierher überführt werden.

Don und Jep liefen wieder einmal zur Rezeption und erkundigten sich beim verdutzten Mekenter wo das Fahrzeug abgeblieben war.

Dieser gab zur Antwort mit einem ganz kleinen unverkennbaren Lächeln für Don.

" Wie meinen Sie Das, welches Fahrzeug?"

„Mensch, Stellen sie sich nicht so an, meine Limousine natürlich. "Don konnte Mekenter einfach nicht mehr ernst nehmen.

„Keine Ahnung Herr Brenner, tut mir leid, könnte es sein, das einer der Manager das Fahrzeug nahm?"

„Unmöglich, der Schlüssel hat nur mein eigener Chauffeur vom Fahrzeug, zweitens überlasse ich keinem Einzigen diesen Mercedes."

„Wir hatten schon einmal, einen solchen Fall, dass ein Fahrzeug tatsächlich aus der Tiefgarage gestohlen wurde."

Don bekam ein ungutes Gefühl, registrierte an den Gesichtszügen von Mekenter, dass Dieser ihn anlog und mehr wusste, brachte ihm aber nichts.

„Mekenter lassen sie die Tiefgarage und die ganze Umgebung vom Hotel absuchen, zwar sogleich, zwar mit ihren nicht anwesenden beurlaubten Mitarbeitern, wenn das Fahrzeug nicht auftaucht, erstatten sie bei der Polizei eine sofortige Anzeige. Verdammt, das Fahrzeug ist eine Rarität, eine Mercedeslimousine aus den 40er Jahren, auf dem Markt nicht mehr erhältlich, unbezahlbar. Ist die Tiefgarage Videoüberwacht und mit einer Alarmanlage gesichert, haben sie einen Elektriker aufgeboten und die Mitarbeiter für die Wiederaufnahme der sofortigen Arbeit verständigt?"

Drei Fragen für Mekenter waren zuviel, "Tiefgarage ist nicht überwacht, ausser dem Treppenhause per Kamera, aber ohne Aufnahmegerät. Mitarbeiter für die Rezeption sind unterwegs, die restlichen Angestellten vom Hotel müsste der Direktor selbst aufbieten, da ich die private Telefonliste der Angestellten nicht besitze."

„Gut, weiterhin bei der Arbeit bleiben ", gab Don kühl zur Antwort, sah so aus als würde und müsste er selber den Laden führen. Die Zeit rann ihm davon, sollte mit Jep schon längstens unterwegs sein, nahm bei dem Gedanken sogleich sein Handy aus der Tasche um den vereinbarten Termin auf spät abends zu verschieben. Der Chauffeur gesellte sich wieder zu ihnen. Anscheinend war zurzeit die Rezeption zu Dreh-und Angelpunkt für die Geschehnisse des Hotels geworden.

„Und?" fragte Don den Chauffeur.

„Die Limousine ist in 15 Minuten hier."

„Endlich funktioniert irgendwas. Mekenter, sie übernehmen den schriftlichen Bürokram für das Auto, die Vermietung, folglich wird die Abrechnung über das Bläcky Atlantichotel vorgenommen. Jep und Tanny, ihr geht zum Haupteingang und nehmt das Fahrzeug in Empfang, schickt den Vermieter zu Mekenter für den schriftlichen Papierkram.

Ich komme gleich nach."

Als Jep und der Chauffeur Richtung Ausgang liefen, kam eine Familie vollgepackt mit Koffer entgegen, zur Rezeption.

Don empfing die Familie freundlich" Willkommen im Bläcky Atlantic Hotel." Der Vater glaubte, den Hoteldirektor mit Anzug höchstpersönlich vor sich zu sehen.

" Besten Dank. Hätten sie noch ein Zimmer frei mit vier Betten, für drei Tage, und wie hoch wäre der Preis?"

„Wissen sie was, ihre ganze Familie übernachtet hier Gratis, da sie, die ersten Ankömmlinge dieser Woche sind."

Überrascht sah die Familie Don Brenner an.

" Danke vielmals, Dies ist mir auch noch nie passiert", gab die Mutter freudestrahlend zur Antwort.

„Überhaupt kein Problem, Bläcky Atlantikhotel ist ihnen immer zu Diensten, Mekenter lassen sie für die Gäste die Luxussuite herrichten."

Scheisse dachte sich Mekenter, Don Brenner fing jetzt schon an, Zimmer zu vermieten ohne Mitarbeiter des Hotels.

Das würde noch heiter werden, schlimmstenfalls müsste er die Luxussuite noch selbst herrichten.

Der Vater glaubte nicht richtig zu hören. Don verabschiedete sich von Allen an der Rezeption. Trat einige Minuten später abermals in das Büro des Hoteldirektors, welcher sitzend am Telefon war, um alle Mitarbeiter zur Arbeit einzuberufen, mit der Konsequenz, dass die Meisten sich nicht gerade darüber Freuten, sowie mürrische Antworten von sich gaben.

Ein Drittel der Belegschaft erreichte man nicht, Salvet blieb nichts Anderes übrig, als temporäre Mitarbeiter einzustellen. Eine Schweinerei, was Don Brenner von ihm verlangte, einen Hotelbetrieb im Eiltempo gleichentags hochzufahren. Er hielt das Telefonat kurz, um Herr Brenner nicht noch mehr zu verärgern, legte den Hörer nervös auf die Gabel.

„Entschuldigen sie nochmals, Herr Brenner für die

Unannehmlichkeiten, bin gerade mit der Organisation der Angestellten beschäftigt, wie kann ich ihnen behilflich sein?"

„Herr Salvet die ersten Hotelgäste sind gerade eingetroffen, ich empfing die Familie gleich selbst, die Luxussuite wurde soeben an die ersten Gäste dieser Woche für 3 Tage gratis vermietet. Darüber hinaus informiere ich sie, dass meine Limousine nicht mehr auffindbar, wie vermutlich aus diesem Hotel gestohlen wurde.

Weshalb wurde nicht veranlasst, dass die Tiefgarage alarmgesichert und videoüberwacht ist, so wie wichtige Teilbereiche des Hotels, wobei schon mal, ein solches Ereignis nach Mitteilung von Concierge stattgefunden hat? Was mich einfach zu tiefst verärgert, ist das Verschwinden meiner Limousine."

„Unglaublich, wirklich gestohlen aus unserer Tiefgarage. Aus unserem Haus. Nochmals, es tut mir leid Herr Brenner,

irgendwie läuft gerade sehr viel schief und in den negativen Bahnen, ich beauftrage heute noch eine Sicherheitsfirma um die Mängel zu beheben."

Hoffentlich verschwindet Don Brenner bald aus dem Hotel, dachte sich Salvet.

„Ich hoffe meine Limousine kommt wieder zum Vorschein, wie schon Concierge Mekenter mitgeteilt, ist diese Mercedeslimousine aus den 40er Jahren, unersetzbar, eine nicht käufliche Rarität.

Die Sicherheitsvorkehrungen wurden einfach unterlassen.

Das Bläcky Atlantichotel Boston ist ein 5 Stern Hotel, nicht ein Heruntergekommenes, welches sie zu hunderten in der New York Stadt vorfinden. Ich bin äusserst enttäuscht von ihnen als Direktor, ich verwarne sie persönlich, sie stehen nahe einer sofortigen Entlassung, verstehen sie Dies als mündliche Verwarnung. Noch irgendeine negative Mitteilung, die mir zu Ohren kommt, Betreff diesem Hotel, können sie gleich den Hut nehmen, mit nachträglichen Konsequenzen. Ich hoffe, sie haben mich verstanden, ich behalte sie im Auge.

Herr Salvet, sie haben es selbst in der Hand, reissen sie das Ruder herum und führen sie das Schiff auf den richtigen Kurs.

Führen sie einfach professionell das Hotel, sie werden Dies auch realisieren, wenn sie nur wollen. Ich verabschiede mich jetzt endgültig, denn wichtige Geschäfte stehen an.

Ich wünsche ihnen einen schönen Tag und viel Erfolg."

„Besten Dank, Herr Brenner, ich werde das Schiff wieder auf den richtigen Kurs führen, wie sie es nannten, ich wünsche ihnen ebenfalls eine gute Heimfahrt nach New York und einen schönen Tag."

Endlich, konnte Don Brenner das Bläcky verlassen, er empfand, sinnbildlich an Ort und Stelle zu treten, lief zum Eingangsbereich und bestieg die wartende Limousine.

„Chauffeur nehmen sie Fahrt auf, Kursrichtung New York. Endlich. "

Und ein tiefer Atemzug und Schnaufer ging durch die Lunge von Don Brenner, als sie auf die Hauptstrasse einbogen, und langsam das Hotel ausser Sichtweite kam.

13. Kontaktaufnahme mit Francis Tenner

Jim wollte sogleich die Türe vom Taxi zurückziehen, als er einen Widerstand spürte, sah eine Hand an der Tür, Sekunden später den Kopf vom Stadtpräsidenten, wer, und wie konnte es auch anders sein.

„Meine Herren, ich hoffe ich störe sie nicht, wäre sicher kein Problem, wenn ich sie zur Innenstadt begleite."

Bevor Jim und Karl eine Antwort gaben, sass der Stadtpräsident schon im Taxi. Weder Jim und Karl, kamen während der kurzen Fahrt, gar nicht zu Wort, als Jeremis jede nur Erdenkliche Merkmale der Stadt beim Vorbeifahren erklärte, dokumentierte wie auch darüber informierte.

Beim Irish Famine Memorial an der Washington Street hielt das Taxi an und lies die Insassen aussteigen.

Der Stadtpräsident bot ihnen an, die Stadt zu zeigen, wobei beide fast zu voreilig mit besten Dank ablehnten, nahmen aber anstandshalber die Einladung an, im Pauls Café kurz einzukehren.

Einige Zeit später, verabschiedeten sie sich, Karl und Jim, tatsächlich, endgültig von Jeremis Knick-Fender mit den Worten "Einen wunderschönen Aufenthalt in Boston und viele herzliche Grüsse an Don Brenner, bei Fragen und Sonstigem, bin ich jeder Zeit erreichbar für euch."

Und gab ihnen seine private Handynummer.

Jim Stayli und Dr.Westermann trennten sich ebenfalls von einander vor Pauls Café, um noch eigenen privaten Interessen nach zu gehen. Jim mit dem Grund, ein wichtiges Telefonat zu führen, Dr.Westermann um Läden aufzusuchen, welche reichlich goldenen Schmuck anboten. Karl kaufte bei seinen Reisen immer einen goldenen Gegenstand, seit längerer Zeit, eine Gewohnheit von ihm.

Beide einigten sich, am gleichen Ort, um 18.00 Uhr, sich wieder zu treffen.

Jim Stayli lief schnurstracks zur nächsten Telefonkabine, woraufhin er gleich Kleingeld einwarf, um keine Kreditkarte zu benutzen.

Wartete mehrmals das Freizeichen ab, bis endlich der Telefonhörer abgenommen wurde, im Hintergrund vernahm er laute Gesprächslaute und Musik.

Wahrscheinlich war Francis Tenner in einer Bar.

„Hallo Francis, hier ist Jim, wie geht's dir so, du alter Haudegen? Schon lange nicht mehr gehört und gesehen."

Mürrische laute kamen zurück „Wer ist hier in der Leitung, ich kenne keinen Jim."

„Sicher kennst du mich, wir waren zusammen in der US-Armee, vor vielen Jahren, ist schon eine lange Zeit her, wir haben einige Drinks, wenn nicht zu viele, in den Bars und Amüsement-Betrieben hinter die Binden gekippt."

Einige Sekunden verstrichen bis es Francis dämmerte, er lief aus der mit lauter Musik beschallender Bar hinaus ins Freie, um ihn besser zu verstehen. Beide hatten sich vor langer Zeit aus den Augen verloren, wobei Francis die Zeitungsberichte und Artikel, hauptsächlich im Wirtschaftsteil, über Jim las, wie seine Karriere verfolgte.

Durch den vielen Alkoholgenuss stellte er fest, dass sein Gehirn nicht mehr so schnell funktionierte wie früher, obwohl in der Armee und im Krieg, schnelle Entscheidungen und Befehle lebenswichtig waren.

Der Krieg, wie daraus resultierenden Gedanken, mit den Folgen nicht mehr richtig schlafen zu können, mit den vielen Albträumen, hatten ihn mit der Zeit zum Säufer und Tablettensüchtigen gemacht.

Er fand sich in dieser Gesellschaft nicht mehr zu Recht. Die Armee schickte ihn in Pension.

Er wurde ehrenvoll und mit Abzeichen aus der Arme entlassen, wobei was aus ihm wurde und wie Francis in der Gesellschaft mit der kleinen Pension zu Recht kam, interessierte den Staat nicht.

Die Arbeitswelt befremdete ihn. Das Kriegshandwerk war seine Arbeit und Berufung, Nichts Anderes, wobei er zu den Besten zählte. Francis versuchte und bemühte sich, in der sogenannten Arbeitswelt zu integrieren. Erledigte viele verschiedene Hilfsarbeiterjobs, da er keine Ausbildung besass und sich auch keine leisten konnte.

Er konnte sich einfach nicht anfreunden mit der Arbeit, sowie mit den festgelegten Zeiten.

Er völlig unterfordert. In der Armee war er jemand. Beim Job, war er einfach eine Nummer und Hilfskraft ohne eine wirkliche Befriedigung, geschweige vom eigenen Stolz der fehlte. Wie auch, bei dieser Arbeit, ohne einem wirklichen Ziel, einfach so langweilig ohne eine Anspannung, Nervenkitzel und Adrenalinstoss, das komplette und pure Gegenteil von einer Armee.

Der Alkohol tat das Beste, dass er nicht mehr Arbeitswillig war, hing die meiste Zeit in den Bars und Clubs herum, um sich zu betrinken und die Zeit tot zu schlagen, um vor-allem nicht nachzudenken. Finanziell stand er jetzt am Ende, hatte überall Schulden und brauchte dringend Geld, um sein Leben mit dem Alkohol zu finanzieren.

Jim merkte wie die Zeit verstrich, das Handy wurde nicht abgehängt, durch den Telefonhörer vernahm er das laute Schnaufen von Francis Tenner.

„He Francis bist du noch dran?"

„Ja bin ich. Musste hinausgehen um dich besser zu verstehen, wegen dem Lärm hier, habe dich nicht gleich wiedererkannt, sind doch einige Jahre her. Wie geht's dir Jim, und wie läuft es mit deiner Kariere, hab Diese, die meiste Zeit mitverfolgt, bist anscheinend ein hohes Tier bei der Bläckybank?"

„Mir geht es soweit gut, danke Francis, bin eben viel am Arbeiten, wie du dir vorstellen kannst."

Das konnte sich Francis eben gerade nicht, erwähnte auch nicht, dass er Stellenlos war.

"Ja gut Jim, wieso rufst du gerade mich an, nach so vielen Jahren, willst du wieder in die Armee

eintreten um ein bisschen Action zu erleben, um aus dem Büro zukommen."
Jim lachte "Sicher nicht, die Zeiten sind vorbei, obwohl ich Diese ab und zu vermisse.

Hör zu, ich habe ein schwerwiegendes Problem, welches gelöst werden muss, somit dachte ich an dich, du bist der richtige Mann um diesen Job zu erledigen, wird sich auch garantiert lohnen in finanzieller Hinsicht, da du ein alter Armeefreund bist, werde ich dich, um noch einiges besser bezahlen.
Wir müssen uns dringend treffen, wohnst du immer noch in Philadelphia?"
Beim Wort bezahlen erhellte sich seine grimmige Miene von Francis. Zuerst wollte er das Gespräch schnell erledigen um wieder an die Bar zu seinem Drink zurück zu kehren. Er brauchte dringend Geld, da kam ihm der Anruf von Jim Stayli gerade richtig, zur richtigen Zeit, wie man so schön zu pflegen sagte. Was wollte er genau von ihm, er hatte überhaupt keine Ahnung vom Finanzwesen.
„Nein Jim, ich wohne in einem Aussenbezirk von Chicago, um was geht es überhaupt, muss wichtig sein, ich merke es an deiner Stimme?"
Mit der Zeit merkte Francis, wie es ihn immer mehr in die Bar zurückzog. Er riss sich zusammen um am Gespräch zu bleiben, ermahnte sich, dass Dies, eine grössere Chance sein könnte, welche nicht mehr so schnell auftauchen würde, wenn überhaupt, um wieder Fuss zu fassen.
Zudem, hatte er, auch schon ein gewisses Alter

erreicht. Er wusste ganz tief in seinem Inneren, dass der Alkohol und seine Frustration, seinen Tribut fordern würde, mit seinem Tod, wenn er so weiterlebte.

Komischerweise war, und wird es nicht die Armee sein, wie sarkastisch.

„Francis, ich werde dir Alles Weitere erklären beim zusammentreffen, OK? Passt es dir um 10.00 Uhr morgens an diesem Mittwoch in Chicago, in einem Restaurant oder Bar, in der Nähe vom Flughafen, um über die alten Zeiten zu reden, um dann zum geschäftlichen Teil rüber zu gehen?"

Francis hatte nicht an so ein schnelles Treffen gedacht, es musste wirklich, eine wichtige, dringende Angelegenheit sein, wobei es ihm in den Sinn kam, dass es irgendwas mit seinen Fähigkeiten von der Armee auf sich hatte.

„Tut mir leid, "log er", ich habe einen wichtigen Termin am Morgen, wäre um 14.00 Uhr am Mittag für dich OK?"

Für Francis Tenner war 10.00 Uhr zu früh, da stand er gerade meistens auf, wobei er seinen alltäglichen Kater und Alkohol verdaute und heraus schwitze, bis er in die Gänge kam, anstatt mal einen verdammten Sport nachzugehen für seine Gesundheit.

„Also gut, ist in Ordnung um 14.00 Uhr, ich gebe dir die Angaben über den Treffpunkt bekannt, vergiss nicht dein Handy einzuschalten und sei bitte erreichbar, ich freue mich sehr auf ein Treffen."

„Freue mich auch, der alten Zeiten wegen, Jim."

Nach den üblichen Abschiedsworten, beendeten sie das Gespräch und legten gleichzeitig Beide den Hörer auf.

Francis konnte sein Glück nicht fassen, durchlief die Menschenmenge, teils die Leute beiseitestossend zurück an die Bar. Bestellte sich ein Bier mit einem doppelten Whisky und lies sich in seine Gedanken fallen.

Er konnte es immer noch nicht glauben, dass höchstpersönlich Jim Stayli ihn anrief, nicht nur Das, er brauchte seine Hilfe und bot ihm einen Auftrag oder Job an. Keine Frage, er musste sich zusammenreissen, auf gar keinen Fall Alkohol konsumieren vor der Zusammenkunft, schon gar nicht während der Besprechung.

Er musste verdammt nochmal seinen Kopf beieinanderhaben, um die bestmögliche Bezahlung herauszuholen, und nicht wie ein versoffener Truthahn mit Jim zu kommunizieren.

Francis nahm sich am nächsten Tag vor, Sport zu treiben, wie auch ein militärisches Training zu absolvieren, um seine alten stählernen Muskeln zu trainieren und hauptsächlich das Gehirn mit frischen Sauerstoff zu füllen, anstatt mit Alkohol.

Ein schwieriges Unterfangen, wo gleich er noch einmal das Selbe beim Barkeeper bestellte. Dieser fragte ihn," Bist heute aber auch sehr nachdenklich?"

Francis bekam nicht mit, als ihn der Barkeeper ansprach, nachdem er die Bestellung vor Francis auf den Tresen stellte, kurzum, Dieser ging weiter seiner

Arbeit nach um die Gäste bei Laune zu halten, sorgte dafür, dass der Alkoholpegel seiner Gäste nicht sank.

Francis dachte lange Zeit darüber nach, um was es für einen Auftrag sich handeln könnte und konnte, es musste irgendwas mit seinen Fähigkeiten von der Armee sein. Hatte Jim private Probleme oder kam der Auftrag direkt von der Bläckybank.

Er beliess das Grübeln, denn ihn brachte es nicht weiter, er würde es schon zeitig genug erfahren, spätestens am Mittwoch um 14.00 Uhr in seiner Stadt Chicago.

Francis blieb noch eine Weile sitzend, in und an der Bar, bis 2.00 Uhr morgens in der Nacht, bis er schwankend nach Hause ging.

13.5 Rückkehr und Fortsetzung im Pauls Café

In der Zwischenzeit trafen sich Jim und Karl wieder im Pauls Café, Jim selbst 10 Minuten verspätet, nahm Platz am Tisch, und bestellte dasselbe wie Karl, einen starken Kaffee.

Jim, immer noch sehr stark in Gedanken versunken, durch das Telefonat mit Francis Tenner, und betreff Zweck und des Auftrages von Ihm selbst verursacht, später überraschenderweise durch Don Brenner anvisiert, bemerkte erst nach dem Drittenmal, dass er von Karl Westermann angesprochen wurde.

„Entschuldigung Karl, ich bin ein wenig weggetreten und müde von der langen Sitzung, auch in der Bläckybank geht es in der letzten Zeit zu und her wie in einem

Affenstall, was hast du mich gleich gefragt?"

„Schon gut Jim, in unseren Positionen kennt jeder die Müdigkeit, die einem zwischendurch befällt und einem richtig nach unten reisst, manchmal glaubt man den Boden unter den Füssen zu verlieren.

Die Reiserei macht es auch nicht besser, wenn es nur Ferien sein könnten, dass wäre wunderbar.

Ich habe dich danach gefragt, betreff Sitzung von gestern und dem Telefonat heute, ob Don und du schon, betreff Dany Chester in Aktion getreten seid.

Ist wirklich eine komische Geschichte, wie kommt so eine Person wie Dany Chester, überhaupt zu solchen Informationen.

Ich kann es einfach nicht nachvollziehen, für mich einfach unbegreiflich. Hattest du schon von alledem Kenntnisse, vor der Sitzung des Circles?"
Jim hörte genau zu, was Karl erzählte.
„Nein Karl, bis jetzt haben wir noch nichts unternommen,"log Jim, „vor allem wurde ich, auch erst jetzt, über die aktuellen Dinge, von Don über die Sitzung informiert, er war die ganze Zeit sehr zugeknöpft und auf das Thema Circle absolut verschlossen und nicht ansprechbar.
Wenn ich es dir so, unter vier Augen sagen darf, ich war lange Zeit sehr wütend auf ihn. Deshalb, weil ich in der gleichen Firma wie Don, in der Bläckybank tätig bin, seit längerer Zeit befreundet mit ihm, und der CEO der Bläckybank bin."
Die Betonung auf CEO, betonte Jim scharf und bestimmt.
Karl nahm einen Schluck Kaffee und bestellte sogleich, noch zwei Neue, bei der Bedienung und sprach weiter.
„Kann dich gut verstehen Jim, würde auch mir so ergehen. Don ist schon manchmal ein ausgeprägter sturer Bock, er hat schon ein hohes Alter und kommt aus einem anderen Jahrzehnt als wir.
Aber Eines muss man ihm lassen, so eine intelligente Person wie Don Brenner, habe ich in der Finanzindustrie, bis jetzt noch nie kennengelernt.
Er alleine ist der Situation gewachsen, denn die Aussagen von gewissen Mitgliedern stimmen mich sehr nachdenklich. Hast du nicht gemerkt wie Don für einen kurzen Moment sehr wütend wurde, als

der Circle in Frage gestellt wurde? So aufgebracht, sah ich Don noch nie."

„Nun gut Karl, das kann ich wirklich verstehen, dass Don über die Reaktionen der Mitglieder wütend wurde, vor allem die miserablen Lösungsvorschläge welche eingebracht wurden," gab Jim zur Antwort.

„Jedenfalls bin ich schon gespannt, wie sich die Angelegenheit weiterentwickelt. Don spricht von einer möglichen Erpressung. Ich hoffe, glaube für Don und den Circle, wie auch für uns Alle, dass Chester, nicht zu genügende Informationen und Kenntnisse über den Circle besitzt und schlimmstenfalls, den halt, nur zu einer Erpressung kommt. Dann bezahlen wir halt.

Bei Bekanntgabe und Informationen an die Medien und der Öffentlichkeit, wäre Dies, der absolute Gau für uns Alle, das absolute Ende.

Die Grosskonzerne nicht zu vergessen, wir würden wochenlang auf den Titelseiten stehen, national wie auch international, nur schon der Gedanke daran, bringt mich ins Zittern.

Unter uns, darum hast du auch so einen Vorschlag an den Circle eingebracht, ich glaube, dass es dir Ernst war mit der Eliminierung von Chester, und nicht, wie Don es heruntergespielt hatte, und es als einen Witz abgetan." Karl sah Jim direkt in die Augen.

Jim konnte keinen Hehl daraus machen.

„Ja Karl, damit hast du recht, aber die beste Lösung wäre es natürlich schon. Jedenfalls ist mir auch klar, wie auch Don sagte, dass man in der Geschäftswelt, wie der Unseren, die Probleme nicht so anpackt, wo käme man, denn hin. Ich habe mich fast ein bisschen vor dem Circle lächerlich gemacht.

Ich war ausgesprochen wütend auf Don, wie vorhin gesagt, dass mich Don nicht in dieser Angelegenheit eingeweiht hatte, und ich, somit bis dahin, nichts tun konnte.

Wie du, Karl, glaubte ich, wir würden uns hauptsächlich betreff der Überschreitung der 200 Milliarden Grenze treffen.

Ich selber habe das Gefühl, dass er uns nicht alles mitgeteilt hat und ein Teil der Geschichte vorenthält. Nun gut, es ist so, wie es ist."

„Wie meinst du Das, mit vorenthalten?"

„Ich habe keine konkreten Vorstellungen, aber irgendwie fehlt etwas an der Geschichte, ein Puzzle vom Ganzen, ich habe einfach ein ungutes Gefühl an der Geschichte," meinte Jim, nach der Frage von Karl.

„Ja Jim, ich habe das gleich Gefühl bei der Sache Chester, Don verschweigt uns irgendwas.

Jedenfalls, ist jetzt Handlungsbedarf angesagt, man kann die Angelegenheit nicht einfach schleifen und auf sich ruhen lassen.

Was man aber ihm, zu Gute halten muss, er hat keinen Alleingang unternommen, sondern eine ausserordentliche Sitzung einberufen, und uns Circlemitglieder informiert."

Wenn Karl nur wüsste, dachte sich Jim. Karl sprach weiter

„Du und Don, werden schon einen Lösungsweg finden."

Karl war froh hatte er mit dieser Situation nichts zu tun, trotzdem betraf es ihn, und seinen Grosskonzern, einen Lösungsweg werden die Beiden schon finden, nur die Frage war nur, was für Einen, dachte sich Karl.

Er würde, und musste etwas, selber unternehmen, und zwar mit seinem engsten Mitarbeiterstab. Scheisse, so einfach war die Angelegenheit nicht, denn er konnte den Circle nicht preisgeben, der war Geheim, somit musste er auch aufpassen wie er Vorging.

Jedenfalls, trotzdem, müsste er Abklärungen treffen und über das weitere Vorgehen für den Eigenschutz überdenken, wenn die Situation mit Chester eskalierte.

„Würde sagen, lassen wir das Thema, ich habe jetzt reichlich Hunger und Kohldampf, wie wollen wir noch den restlichen Abend verbringen und kennst du ein tolles Restaurant in Boston Jim?"

„Weiss auch nicht recht, um wieder zurück ins Bläckyhotel zu gehen um zu essen, habe ich gerade keine Lust. Weisst du was, wir könnten Knick-Fender anrufen, welcher uns zu einem Restaurant führt."

Jim zwinkerte mit einem Auge, Karl zu.

„Auf gar keinen Fall Jim, mein Kopf ist jetzt schon genug voll."

Beide mussten lachen." War nur ein kleiner Witz Karl."

„Also was jetzt?" fragte Karl nochmals nach.

„Ich würde sagen, wir bewegen uns zur Innenstadt vor, und wählen ein Restaurant aus.

Dann, wenn uns nach dem Abendessen danach ist, Lust und Laune haben, könnten wir uns noch ein paar nette Damen auf der Gasse angeln, für solche Vergnügungen bist du ja auch nicht abgeneigt, wie ich dich kenne.

Ich schlage auch vor, das Thema Chester für den heutigen Tag auf sich ruhen zu lassen, denn Morgen, ist schon wieder Arbeit angesagt."

„Jim, du alter Charmeur, keine Frage, nehme beide Vorschläge dankend an. Also, auf geht's zur Innenstadt."

Beide erhoben sich und verliessen nach der Bezahlung das Café Paul.

14.Sen Kanter, zweiter Beruf, 4.November

30 Minuten später, nach dem Gespräch mit seinem alten Freund Phillippe Mekenter an der Reception, betrat Sen Kanter die stockdunkle Tiefgarage. Seine Augen mussten sich zuerst an die Dunkelheit gewöhnen, er grub sein Handy aus seiner Hosentasche und schaltete die Taschenlampe ein, musste halt Diese herhalten, ansonsten wäre er für solche Aktionen besser vorbereitet. Per Zufall, ergab sich jetzt die Gelegenheit, und sind auch, meistens die Lukrativsten.

In der nächsten Zeit, konnte er ruhig seiner zweiten Beschäftigung nachgehen, das grosse Hotel war weitgehend menschenleer, ausser mit den Geschäftsleuten, welche, eine irgendwelche Sitzung abhielten, so konnte er unbekümmert vorgehen. Sen durchlief mit langsamen schritten die Tiefgarage, stellte bald fest, dass fast keine Autos abgestellt waren, als der herumschwenkende Strahl seiner Taschenlampe auf ein paar Autos stiess.

Es waren ältere Fahrzeuge, vermutlich von den wenigen Hotelangestellten, welche zurzeit zur Gegend und bei der Arbeit waren. Den blauen Honda von Phillippe Mekenter erkannte er sofort, Der würde Augen machen, wenn Mekenter sein Fahrzeug nicht mehr vorfand. Nicht und überhaupt nicht interessant für Kanter. Anscheinend blieb, für heute das lukrative Geschäft aus.

Er zündete mit dem Licht tiefer in die Tiefgarage hinein, wollte seine Aktion gleich abbrechen, als er eine dunkle, schwarze Silhouette eines Fahrzeuges sah und war nahm.

Er wollte zuerst, trotzdem kehrtmachen, aber sein Interesse wurde geweckt, wollte wissen, was für ein Fahrzeug, ein solch tief schwarzes, schwärzer als die Dunkelheit, welches das Fahrzeug umgab, war. Er lief direkt zum Fahrzeug, bis er davorstand und nicht mehr aus dem Staunen kam.

Er wusste, ein älteres Fahrzeug führte die Limousinenkolonne vor einigen Stunden an, als er noch redlich die Arbeit verrichtete, konnte aber wegen der weiten Distanz und der blendeten Sonne, die Marke und das Modell des Fahrzeuges von dem Glasbunker aus, nicht ausmachen.

Der Anblick brachte Sen Kanter in eine Euphorie, stand er wirklich vor einen Hitler Mercedes, den Mercedes-Benz W 07, interne Bezeichnung der Daimler-Benz AG für den Mercedes Benz Typ 770. Hergestellt zwischen 1930 und 1938, mit einem 7.7 Liter Ottomotor mit 110-147 kW. Leergewicht von 2700kg.

Gebraucht und gefahren vom Reichspräsident von Hindenburg und dem japanischen Kaiser Hirohito. Auch Papst Pius XI. und sein Nachfolger Pius XII. nutzten die Staatskarosse. Adolf Hitler ließ sich ab 1931 im Typ 770 fahren.

Jedenfalls, umlief Sen Kanter jetzt die

Pullman-Limousine mit seiner Länge von 5.6m, dazu noch eines Cabriolets, welches dazumal, für, oder um die 44 500 Reichsmark zu haben war. Sen erinnerte sich zudem, an einen Zeitungsartikel, dass von der ersten Serie bis 1938, 117 Fahrzeuge produziert wurden.

Er stellte sich die Frage, wie viele Fahrzeuge in diesem Jahr 2017 weltweit noch vorzufinden sind, und wie viele auf der Strasse zugelassen, mit diesem vorzüglichen und unglaublichen Zustand. Keine Frage, dieses Fahrzeug war echt, und keine Reduplikation.

Sen zog willkürlich an der Fahrerseite die Tür, welche zum Erstaunen von Sen, widerstandslos aufging.

Sen Herz pochte und die Euphorie hielt an, als er auf dem Fahrersitz platz nahm, er bestaunte die alten Armaturen und das restaurierte Wageninnere, in tadellosem Zustand wie aussen, keine Frage, da nahm, irgendjemand wirklich viel Geld in die Hand.

Sogar, ein eingebauter Designkühlschrank aus Edelstahl befand sich auf einem ehemaligen, ausgebauten Sitzplatz auf dem Fahrzeugboden.

Im Kühlschrank befanden sich hauptsächlich alkoholische Getränke und teurer Champagner und Wein.

Für, auf irgendwelche erfolgreiche Börsengeschäfte anzustossen, Dies war einfach eine andere Liga und Welt, in der Sen Kanter und die grösste Anzahl der Menschheit lebte.

Mitten in seiner Schwärmerei, schoss Sen Kanter ein Impuls durch sein Gehirn, und holte ihn, in die jetzige Realität zurück. Wenn er jetzt, diese Staatskarosse klauen wollte, musste er sich jetzt in Bewegung setzen, er durfte auf gar keinen Fall, Zeit verlieren. Je mehr die Zeit verstrich, je höher das Risiko. Trotzdem, fragte er sich, ob ein solcher Diebstahl nicht seine Fähigkeiten überstiegen. Jetzt oder nie, er musste handeln.

Trotz der innerlichen Ermahnungen seines Gewissens, ging Sen zu Werke. Denn, als Autofanatiker, und der seltenen Gelegenheit, die es eigentlich nicht gab, war die selbstgestellte Frage schon beantwortet und sonnenklar, er musste den Mercedes Benz haben. Die, daraus resultierenden Probleme und Gedanken, würde er auf einen späteren Zeitpunkt verschieben, wieso auch nicht. Arbeit, wartete jetzt auf ihn. Zuerst studierte er alle Bedienelemente, leider nur teils Beschriftet und Das auch noch auf Deutsch. Doch bei genauerem Betrachten und der Einfachheit, begriff Kanter schnell die meiste Bedienung, denn die neuen und heutigen Fahrzeuge besassen natürlich viel mehr Technologie, Anzeigesysteme, Schalter usw., natürlich basierend auf den Alten. Er brauchte doch eine gewisse Zeit, bis er das Auto kurzgeschlossen hatte, denn die Materialien des Fahrzeuges waren aus echten und massiven Holz und Stahl, nicht hergestellt aus billigem Plastik wie Heute, um mit baldigen Neudefekten nach der Garantiezeit die Wirtschaft anzukurbeln.

Als er ungewohnt, zuerst mühsam, den Gang einbrachte und fortfahren wollte, würgte er den Motor ab.

Beim zweiten Mal, klappte es auf anhin und Sen Kanter fuhr aus der Tiefgarage mit dem Ziel, zu seinem kleinen Lager an der Springdale Ave in Dover. Zum guten Glück, war die Nacht über das Land eingebrochen und die Fahrt nicht so weit, auch das Benzin reichte, so fiel er mit dieser altertümlichen Karosse nicht besonders auf. Denn bald, würde man nach diesem Fahrzeug suchen und die Polizei alarmieren.

Um, und in Boston herum, fuhren viele reiche Leute Oldtimer, ein Vorteil zu seinen Gunsten.

Als er das Fahrzeug, 1.5h später, in der abgelegenen Gegend im Lager abstellte, lief Sen Kanter zum Kühlschrank und entnahm eine kühle Dose Bier, um ein wenig herunterzukommen und sich zu beruhigen.

Seit Anblick des Fahrzeuges stand Sen Kanter innerlich unter Strom.

Er sass freudestrahlend vor das Fahrzeug und genoss den Anblick und das Bier.

Konnte er so stolz sein, auf seine Arbeit, oder war er einfach ein bisschen Blöde, solch ein Ding durchgezogen zu haben. Jedenfalls war Dies, der grösste Diebstahl, in Sen Kanters Gauner Kariere.

Vom angehenden Footballprofi zum Gauner.

Sen ging über das Handy auf das Internet, durchsuchte verschiedene Seiten, um den eigentlichen Wert des Fahrzeuges einzuschätzen.

Die Wertschätzung des Autos, ging von 2-10 Millionen Dollar.
Anscheinend war ein russischer Milliardär an einem Hitler Auto interessiert und bot bis zu 10 Millionen Dollar einem privaten Geschäftsmann aus Deutschland an, des gleichen Types, welcher jetzt in dem Lager vor ihm stand.
Sen fragte sich, was für namhafte Größen und Figuren in dem nun gestohlenen Auto fuhren, und wem jetzt das Fahrzeug gehörte und der eigentliche Besitzer ist, genauer gesagt war. Welcher sicherlich in Kürze, fluchend, wütend und stampfend hin und her lief, um sein Fahrzeug einzufordern.
Jedenfalls hatte Sen Kanter ein schwerwiegendes Problem, wie konnte er das Fahrzeug jetzt zu Geld realisieren.
Nun gut, das Fahrzeug war für die nächste Zeit versorgt, er konnte sich doch noch, genug Zeit lassen.
Eines musste er sich merken, die Araber rissen sich um solche Autos.
Zum guten Glück, lebte Sen Kanter im Jahr 2017, wodurch mit Hilfe des Internets, er sicherlich einfacher das Fahrzeug weltweit verkaufen konnte, in der Anonymität und unter einem Pseudonym.
Mal sehen, wies weiterging.
Phillipe Mekenter, würde sich, auch bald bei ihm melden, und ihn über den Ablauf, im Hotel Bläcky zu berichten und zu informieren, betreff des gestohlenen Fahrzeuges.

Sen dachte noch einige Zeit darüber nach, stand auf, und begutachte das Fahrzeug von Neuem, bestaunte den revidierten 7.7 Liter Motor. Der Motor glänzte wie die Aussenlackierung, hier war ein Profi am Werk.

Zudem wurde das Fahrzeug permanent gepflegt.

Der Fahrzeugtank war komplett überdimensioniert, dachte an das gelesene von vorhin, wonach man bis zu einem 300 Liter Tank sprach, genauer gesagt schrieb, da er es ja gelesen hatte. Ja gut, mit einem solchen Motor, brauchte man gleich einen Tankanhänger.

Der Verbrauch, dachte sich Sen, würden ihn ungemein interessieren auf 100 Meilen, aber das Risiko ging er sicherlich nicht ein, um Dies gleich praktisch mit dem Benz, festzustellen.

Sen ging jetzt spontan ins Fahrzeuginnere, um den Halter des Fahrzeuges festzustellen, interessierte ihn jetzt, öffnete die altertümliche Schublade, fand unter einer Handtasche die Fahrzeugpapiere mit dem Haltereintrag Don Brenner.

Sen brauchte nicht lange um zu überlegen, wem das Fahrzeug gehörte und wer Don Brenner war, auch eine sehr namhafte Grösse, mit sehr viel Geld, Der würde toben, dachte sich Sen.

Seine Erinnerungen an die technischen Angaben stimmten haargenau mit den Daten der Fahrzeugpapiere überein.

Ja, sein Gehirn, hatte ihn nicht, im Stich gelassen, hoffentlich das Glück in naher Zukunft auch nicht.

Sen ging nochmals zum Kühlschrank und genehmige sich eine zweite Dose, denn in dieser Nacht, würde er hier im Lager schlafen, wobei er nicht vergessen durfte seiner Frau bald Bescheid zu sagen, um ihr nicht Sorgen zu bereiten.

Zum guten Glück, warf seine Frau Sarah, den fehlenden Umstand, Sen nicht vor, wenn er ab und zu, nicht nach Hause kam. Da kannte er schon andere Biester, welche dem Mann die Hölle heiss taten.

Manchmal fragte sich Sen, ob Sarah, über seine zweite Einnahmequelle Bescheid wusste.

Sen nahm wieder vor der Staatskarosse Platz, durchsuchte gründlich die Handtasche, was er da fand, brachten seine Augen zum Leuchten, nicht betreff den 2000 Dollar in Bargeld, ein Jubelschrei halte durch das kleine Lager, und noch Einen. Er konnte so viel jubeln wie er wollte, es hörte ihn doch keiner.

Ja, er hatte es geschafft, er war Reich und Besitzer einer Luxusmaschine, auch ohne Footballkariere.

Jedenfalls, würde er sicherlich nicht Mekenter darüber informieren, dass Dieser, seinen 50% Anteil dazu einfordern konnte. Dieser Geldgierige Sack, welcher keine Verantwortung in diesen Gaunerspielen übernahm.

Er rief seine Frau an, informierte sie kurz und bündig, mehr musste sie nicht wissen, wieso auch.

Sein Glückstag war gekommen, für die nächste Zeit würden seine finanziellen Probleme verschwinden,

für längere Zeit, er bestieg den kleinen
Motorradroller und fuhr los.

Dachte sich, wenn er nach der phänomenalen Tour
zurückkommt, würde er zur Feier des Tages und der
Nacht, einen Champagner aus dem Kühlschrank des
Mercedes entnehmen, für sich Alleine, mit seinen
Gedanken zur Zukunft feiern.

15. Treffpunkt in Chicago

Mittwoch der 8. November 2017. Bei strahlend, tollen Wetter landete der Jet in Chicago. Zeit 11.00 Uhr morgens. Jim in bester Laune bei diesem wunderschönen Herbsttag, freute sich auf das Wiedertreffen mit Francis Tenner. Er bestieg das Taxi, welches lückenlos, durch die Strassen der Millionenstadt schlängelte, und Jim ohne allzu grossen Verkehr, an die Promenade zum Pier 31 am Lake Michigan brachte.

Bezahlte den Taxifahrer mit einem angemessenen Trinkgeld, stieg aus, schlenderte mit langsamen schritten den Lakefront Trail nordwärts entlang, genoss zu aller erst die Sonne, die den Lake Michigan zum Glitzern brachte. Entschloss sich nach einer Weile in einem Kaffee auf der Terrasse Platz zu nehmen, bestellte sich ein kräftiges, verspätetes Frühstück und lies sich die Sonne weiterhin in sein Gesicht scheinen. Wirklich ein wundervoller Tag, Jim beobachtete die vielen Segelschiffe und Yachten auf dem Lake Michigan, welche wohl die letzten Tage nutzten bevor schlussendlich wirklich der Winter das Zepter in die Hand nahm. Er wünschte sich mehrere freie Stunden und Tage, nur für sich alleine, um solche Momente zu geniessen, anstatt in der immensen Arbeit zu versinken, wichtige Entscheidungen zu fällen, wie natürlich nicht anders, mit Don Brenner, welcher das letzte Wort fast immer Inne hatte. Mindestens 12 Stundentage, manchmal bis spät in die Nacht hinein, bekleidete sein Arbeitstag, Samstag und Sonntags meistens eingeschlossen. Auf die vielen Geschäftsessen und geschäftlichen Anlässe und Veranstaltungen konnte er auch gut und gerne mal verzichten, er hasste Diese. Jim nahm sich wieder vor, mehrere Stunden, warum auch nicht ganze Tage, für sich alleine zu beanspruchen, nur für sich alleine, um wie jetzt gemütlich an einer Promenade entlang zu schlendern, sich mit ganz normal arbeitenden Leuten zu unterhalten, oder ins Museum, Kino, oder auch in den Zoo zu gehen. Alle Termine wurden ausdrücklich für den heutigen Tag ab 11.00 Uhr morgens abgesagt, oder der rechten Hand von Jim übergeben, Telefonate nahm er sowieso nicht entgegen. Nach der Stärkung lief er wieder in gemächlichen Schritten, in Gedankenversunken für die Gesprächsführung mit Francis Tenner, zum verabredeten Treffpunkt im Velvet Lounge Chicago.

Um 13.45 Uhr stand er beim Eingang des Restaurants, bewegte mehrmals den Kopf hin und her, nahm tiefe Atemzüge, er war reichlich nervös, stellte er fest, für einen Manager einer der weltgrössten Banken, gut, es stand viel auf dem Spiel, obwohl er nie so einen Auftrag erteilt hatte. Im widerstrebte es jetzt, innerlich solch einen Auftrag weiter zu geben an Francis, irgendwie bestand ein innerliches Band zwischen ihnen, eine Freundschaft die er nicht beschreiben konnte, obwohl sich beide selten sahen, genauer gesagt fast nie. Die Situation verlangte eine ungebührliche Aktion, es ging einfach nicht anders, wobei er einige Lösungswege suchte, er kam immer zu diesem Einen, endgültigen Entschluss, genau wie Don Brenner. Geld regierte die Welt, es war nun mal so, man konnte nie genug Davon kriegen. Der Circle ein Traumprodukt jedes Menschen, riesen grosse steuerfreie Gelder, das für wenige Leute vorbehalten war.

Aber der hauptsächliche Grund lag in der Ehre der Manager und der Grosskonzerne, und zu allerletzt, das Wichtigste, um ihre eigenen Köpfe aus der Schlinge zu ziehen, seiner war natürlich am wichtigsten, Allen voran. Wieso ließ er sich auf so eine dreckige Arbeit ein, die Risiken waren enorm für ihn, sogar existenziell, er durfte nicht zu lange darüber nachdenken, wollte aber zu einem späteren Zeitpunkt, für sich noch die nötige Antwort für den Grund finden.

Noch in Gedankenversunken, trat Jim automatisch ein, nahm an einem der Tische Platz, welcher ihm zusagte, und bestellte sich ein Mineral.

Nicht lange zuwartend, nach einigen Minuten, kam ein grobschlächtiger, übergewichtiger mit einem Bauchansatz und zerzausten schwarzen Haaren direkt auf ihn zugelaufen, zuerst erkannte Jim den Mann nicht, bis er lächelnd vor ihm am Tisch stand.

Jim stand auf, reichte Francis Tenner Seine in die grosse entgegen gestreckte Hand.

„Hallo Jim, ich habe dich gleich von weitem wiedererkannt, ist eine lange Zeit her, schön dich wieder zu sehen, siehst immer noch schlank, gutaussehend aus, als ein Ankömmling einer langen Ferienreise, als wäre die Zeit bei dir stehen geblieben, hat nichts von dir abgerungen, unglaublich, nicht wie meinesgleichen."

„Hey Francis, ehrlich gesagt, ich erkannte dich nicht, wie geht's? setz dich nieder."

Francis Tenner nahm gegenüber von Jim Platz, für ein paar Sekunden beobachteten, schätzten und nahmen sich wahr.

„Bestell dir zuerst was, bevor wir ein bisschen über die alten Zeiten reden, geht natürlich aufs Haus. Hast du schon was gegessen?"

„Noch nicht, hab Bärenhunger, werde mir gleich was bestellen."

Der Kellner trat an den Tisch und nahm die Bestellung für ein Steak mit Kartoffeln und Salat entgegen, ausschliesslich grünem Salat, dazu ein Cola. Wobei Francis Tenner am liebsten ein Whiskycola bestellt hätte, die Versuchung und der Drang war da, aber liess zum guten Glück gleich wieder von ihm ab, er musste sich einfach für ein paar Stunden zusammenreissen.

„Francis, ich glaubte fast nicht, dass du ohne Kriegsverletzungen aus dem Irakkrieg kamst, da du so ein Draufgänger bist?"

„Jim sei froh warst du nicht dabei, einige Schrammen habe ich schon davongetragen, wobei Andere entsetzliche Kriegsverletzungen erlitten oder den Tod fanden, was vielleicht manchmal besser war.

Die Nachwirkungen vom Krieg sind nicht zu vergessen, die entsetzlichen wiederkehrenden Albträume, Schweiß gebadet in der Nacht aufzuwachen, Tagträume welche den Glauben machen im Krieg zu sein, Paranoia, sowie die Schlafstörungen nicht zu vergessen. Wenn du vom Krieg zurückkommst, bist du ein anderer Mensch, der Staat hilft dir grundsätzlich überhaupt nicht, zudem hast du keinen Job, ausser eine niedrige Staatsrente, wovon du nicht leben kannst. Wie du weisst, bin ich ehrenhaft entlassen worden, in den sogenannten militärischen Ruhestand oder Pension getreten. Schluss und Endlich, hast du in finanzieller Hinsicht nichts davon. Aber ich bin schon Stolz für die Freiheit und für unsere Nation gedient zu haben. Zuvor war der Enthusiasmus, jugendlicher Leichtsinn, etwas in der Welt zu verändern wollen, bis du in einem gewissen Alter aufwachst, die Dinge anders siehst, sowie auch den eigenen Staat hinterfragst. Jedenfalls hast du den richtigen Weg eingeschlagen Jim, Dies mit Erfolg, wie ich sehe und gehört habe." Nachdenklich hörte er Francis zu" Sicherlich hast du Recht, man macht als Aussenstehender gar nicht so viele Gedanken über den Krieg und die Folgen. Jedenfalls hatten wir viele gute Zeiten miteinander, denk nur mal an die vielen Ausgänge in die Stadt, da waren wir jung und strotzten nur so von Energie." „Ja Jim, die schönen Dinge sollte man auch nicht vergessen. Den Einmarsch in Bagdad, sowie dann die Einnahme von Staatsgebäuden und des

Präsidentenpalastes, wo ich an der vordersten Front beteiligt war. Das Gefühl der Macht und des Sieges für unsere Einheiten war unbeschreiblich. Aber mit der Zeit lässt auch Dies nach, zum guten Glück waren wir die Sieger des Krieges, ich möchte nicht wissen was der verlorene Feind und Soldat für Gefühle empfand, in derer Haut möchte ich auch nicht stecken. Jedenfalls, die scheiss Hitze, die karge Landschaft, sowie die grossen Wüstenabschnitte waren zum kotzen, Dies setzte Einem wirklich richtig zu. So Jim erzähl etwas von dir, was hast du so getrieben, als wir uns das letzte Mal sahen?"

„Glaub so viele Erlebnisse und Ereignisse, welche du hattest, kann ich dir nicht erzählen. Meine Karriere ging wie von alleine Aufwärts, obwohl ich dir ohne weiteres sagen kann, den Biss habe ich von dir, du hast sehr viel für meine Kariere dazu beigetragen indirekt, ob du glaubst oder nicht. Spätere Zeit kam ich durch den bekannten Finanzmagnat Don Brenner, welcher du, und der ganze Staat kennt, zu mindestens die Finanzbranche, zu der Bläckybank&Investchase Groupe und habe die höchst führende Position Inne als CEO "wobei Jim nicht erwähnte, dass eigentlich Don Brenner resolut den Konzern leitete.

Ihm kam gleich der Gedanke auf, er könnte zugleich einen Doppelauftrag an Francis geben und weiterleiten, um sogleich, auch Don Brenner zu eliminieren. Unmöglich, es wäre zu viel des Guten und machte die Angelegenheit nur noch komplizierter.

Es war halt mal, nur ein Gedanke, aber amüsant zugleich. Er konnte gegebenenfalls auch noch später über diese Angelegenheit nachdenken. Und wenn er schon dabei war, wie über diesen Auftrag, wieso er so gedankenlos bei der Sitzung im Circle am Samstag so hervorpreschte.

Francis wurde langsam ungeduldig „Also Jim, komm zur Sache, um was geht es eigentlich?" während Francis den letzten Biss des durchgekauten Steaks herunterschluckte. Er hatte jeden Bissen des Essens genossen während des Gespräches und sein Magen dankte ihm dafür.

Er fühlte sich jetzt einfach so richtig wohl, es war eine lange Zeit her, dass er so überaus gut speisen konnte. Er sollte gescheiter Weise mehr seinen Magen mit Köstlichkeiten versorgen, als seinen Bauch überwiegend mit Alkohol zu füllen. Vielleicht ermöglichte es ihn, durch die gute Entlöhnung des Jobs durch Jim, wobei er sicher war, dass Dies der Fall sein wird, mehrmals in der Woche gut zu speisen, warum nicht, vielleicht standen die Sterne und die guten Zeiten wieder mal auf seiner Seite und in der richtigen Richtung, genauer gesagt an der Stelle.

Jim merkte, wie Francis Gedanken in einer anderen Welt versunken waren, bis Francis, ihn wieder direkt, fragend in die Augen blickte.

„Hör zu Francis, ich habe gleich in der Nähe ein Zimmer bestellt, dort können wir ungestört sprechen, OK?"

„Muss ja wirklich eine geheimnisvolle Angelegenheit sein, wenn wir es nicht hier besprechen können, wo fast keine Gäste anwesend sind."

„Ja Jim, es ist eine durchaus wichtige Angelegenheit, wo Stillschweigen und Loyalität notwendig ist, wie bei der Armee."

Beide standen auf, bezahlten an der Theke und begaben sich auf die Strasse hinaus, bis Beide sich kurze Zeit später in einer Luxussuite im Hyatt Regency am McCormick Place befanden.

Francis Tenner, welcher noch nie eine Luxussuite sah, vollzog eine Inspektion, er durchlief alle Räumlichkeiten auf dem hellroten durchpolierten Marmorboden, begutachtete die elektronischen modernen Flachbildschirme und Hightech Geräte, welche herumstanden, stellte mit Erstaunen fest, dass sogar im Bad über der Badewanne, ebenfalls an der Wand ein Flachbildschirm montiert war. Sogar eine Küche war vorhanden. Sage und Schreibe, auch mit einem Flachbildschirm an der Wand.

Eine Küche für was, dachte sich Francis.

Das Restaurant konnte in einem derartigen Hotel sicherlich nicht schlecht sein, ansonsten befand man sich in einer Grossstadt mit genügend Auswahlmöglichkeiten.

Die Aussicht durch die grosse Glasfront vom Wohnzimmer der Suite auf die grossen Seen war Grandios wie Spektakulär.

Die komplette Suite war grösser als Francis Wohnung, zumal vom Luxus gar nicht zu erwähnen.

Endlich nahm Francis Platz, dachte sich Jim.

Nach der Bestellung einer Flasche Wein und Cola, am Salontisch auf der Couch sitzend, führten sie schlussendlich das Gespräch weiter.

Bevor sie aber wirklich das Gespräch weiterführen konnten, fragte Francis Jim interessiert "Wieviel kostet diese Suite pro Nacht?"

Geradewegs antwortend"1000 Dollar."

„Die Woche?"

„Nein die Nacht."

„Wahnsinn."

„Also Francis zum Thema, wir haben uns nicht getroffen um ein verdammtes Hotel zu kaufen, um die Preise der Zimmer fest zu legen.

Francis ein wenig eingeschnappt" OK, um was geht's?"

„Francis, ich habe ein schwerwiegendes Problem, da bist du mir gleich in den Sinn gekommen, wie du sicherlich voraussahst und vermutetest, geht es um dein militärisches Können, Instinkt und Fachwissen usw. als US-Soldat."

Bist du immer noch so gut als Scharfschütze wie dazumal?"

„Francis wusste es nicht, da er längere Zeit nicht mehr Schiessübungen absolvierte, aber wie immer man sagte, gelernt ist gelernt, es ist nur eine Frage des Trainings. Francis log "Sicherlich, ich gehe mit meinen alten Kollegen aus dem Irak, einmal bis mehrmals wöchentlich mit der Waffe schiessen. Wie du weisst, als ehemaliger Berufssoldat ist es naheliegend, dass ich auch Waffen sammle, wie auch ein Scharfschützengewehr in meiner Sammlung vorhanden ist, wie verschiedenes Militärzubehör. Zudem konnte ich die Waffen aus der Armee behalten, wieso fragst du?"

Die Miene von Jim entspannte sich leicht, worauf Francis Gesicht sich zusammenzog, als er auf das anhebende Glas Wein von Jim blickte, welcher einen Schluck davon nahm. Sein Blick wanderte zur Weinflasche.

„Willst du auch ein Glas Wein, ist sicher keiner der schlechtesten, wobei nicht immer der Preis ausschlaggebend ist. Oder willst du den ganzen Abend Cola schlürfen?"

„Nein danke, Cola ist OK." Francis musste sich konzentrieren, auf gar keinen Fall ablenken zu lassen. Hoffte zugleich die Worte-(ganzer Abend) falsch verstanden zu haben, er empfand keine Lust stundenlang eine Besprechung abzuhalten, bis jetzt wusste er immer noch nicht um was für einen Auftrag es sich handelte. Innerlich spürte Francis ein starkes ziehen nach Alkohol. Musste Jim vor seinen Augen, gerade jetzt, genüsslich einen Wein trinken.

„Wie du meinst, ich möchte dich hier nicht voll labern, sowie einen Vortrag halten. Wir Beide sind alte Soldaten, obwohl ich nicht im Krieg war", zum guten Glück dachte sich Jim.

„Francis, ich brauche dein Ehrenwort unter Soldaten, dass dieses vertrauliche Gespräch unter vier Augen nicht den Raum verlässt so wie absolute Geheimhaltung."

„Hör zu Jim, für mich ist Das eine absolute Selbstverständlichkeit, auf meine Diskretion kannst du zählen, also schiesse los, um was geht's?" Sinnbildlich drückten sich Beide mit den ausgestreckten Armen die Faust für einige Sekunden aneinander, als Zeichen der Zusammengehörigkeit und des Vertrauens. Ein Zeichen ihrer früheren Einheit aus ihrer alten Armeezeit.

„Nun gut Francis, es geht um folgendes, durch eine schwerwiegende kriminelle Handlung und mehreren Hacker Angriffen an der Bläckybank, sind wertvolle Informationen ab transferiert worden. Der Name des Hackers ist Danny Chester, für unsere Bank selbst total unbekannt. Chester ist gerade jetzt in Aktion getreten und erpresst unsere Bank auf Millionenhöhe.

Nochmals, die Informationen und Daten sind hochbrisant, die wertvollsten, internen und geheimen Daten der Bläckybank. Zudem sind auch noch zehntausende Kontodaten und Informationen gehackt und abtransferiert worden, wie auch von den reichsten Männern der Welt.

Dies blieb lange Zeit für uns unentdeckt, unglaublich, da Banken allgemein hohe Sicherheitsstandards haben, wie auch immense Summen für Sicherheitssoftware ausgeben.

Die Problematik besteht darin, dass wir, also die Bank, davon ausgehen das nicht nur eine Erpressung vorhanden ist, sondern noch ein Intellektueller Hintergedanken. Die absolute Problematik ist, wenn Chester nach der Geldübergabe die Informationen an die Medien und der Öffentlichkeit weiterleitet. Die Bank ist von nun an absolut existentiell bedroht, eine nie dagewesene Situation in der langjährigen Geschichte der Bank. Diese und unsere Bank, die Bläckybank.

Don und ich überlegten und diskutierten eine lange Zeit, wie das Problem gelöst werden soll, und welche Massnahmen Sinn machten.

Wir Beide kamen zum endgültigen Entschluss, das Danny Chester in kürzester Zeit eliminiert werden muss.

Denn nach kurzer Überlegung, dachte ich sofort an dich, denn du bist die richtige und perfekte Person für Diesen Auftrag. Ich weiss, kann sein, dass für dich Das alles eventuell Unmissverständlich klingt und vielleicht auch das Ganze nicht nachvollziehbar ist.

Ich bin direkt und ehrlich zu dir, könntest du dir vorstellen diesen Auftrag zu übernehmen, denn ich brauche heute noch deine Zusage oder Absage."

Betreff Erpressung der Bläckybank log Jim Stayli Francis Tenner an, denn bis jetzt wurden keine Forderungen von Danny Chester an die Bank gestellt, wie auch mit den gestohlenen Kontodaten, um der Angelegenheit mehr Nachdruck zu verleihen und die enorme Wichtigkeit darzustellen. Zudem konnte er schlechthin vom Circle erzählen und Francis darüber einweihen, absolut unmöglich und ein Irrsinn.

„Wärst du bereit diesen Auftrag anzunehmen?"

Jim merkte, wie sich das Gesicht von Francis wiederum verzog

"Im Irak?" fragte Tenner nach, welcher zu Beginn der endlosen Rede, jedenfalls für ihn, interessiert zuhörte, aber je länger Jim Sprach bemerkte er eine Müdigkeit und hörte auch nicht mehr richtig zu. In einer Bar, sehr wahrscheinlich, wäre er auf dem Tresen sofort eingenickt.

„Nein, hier in den USA, genauer gesagt in Detroit, wäre auch gar nicht so weit von Chicago."

Francis überlegte eine geraume Zeit, er wäre nie auf die Idee gekommen, dass Jim ihm einen Auftragsmord zuwies. Francis war ein wenig durcheinander und stellte Jim eine Frage „Jim ist die Geschichte wirklich wahr, oder bist du ein Opfer eines Verbrechens geworden und willst nun Rache an dieser Person. Erzählst mir die Geschichte als Vorwand, wenn ich das so sagen darf, oder was meinst du genau?"

„Nein Francis, Das verstehst du irgendwie falsch, es geht um die Bläckybank, die Geschichte ist wirklich wahr, der Konzern wird erpresst."

„Wie erpresst, durch einen Iraker?"

„Nein, verdammt noch mal, hör doch einfach mal zu, vergiss diese verdammten Iraker.

Er lebt in Chicago, scheisse du bringst mich durcheinander mit diesen Irakern, er lebt natürlich in Detroit wie vorher erwähnt, er hat illegale vertrauliche geheime Daten durch das Hacken unseres Computersystems an sich genommen, wobei für uns, also dem Konzern eine grosse Gefahr darstellt, wie auch für uns."

„Gibt es für solche Fälle nicht die Staatsanwaltschaft oder ein Gericht für diese Hackerangriffe?"

„Das Ganze ist viel komplizierter Francis als du dir vorstellen kannst, verstehe auch, dass du die wirtschaftlichen Zusammenhänge nicht nachvollziehen kannst, dein Beruf war immer Soldat gewesen, ich möchte echt nicht in die Details gehen." Francis überlegte, wie kommt ein Großkonzern mit so einem bekannten Ruf, einen Auftragsmord auszusprechen, unglaublich, wirklich unglaublich. Francis war sich nur durch den Staat und der Erlaubnis vom Staat, wie durch die Legitimation und den Befehl, gewohnt zu töten. Er war ein Patriot um für das Land zu kämpfen, da sah er denn Sinn. Wobei auch der Staat selbst Einem anlog. Einen US Bürger zu töten in den Vereinigten Staaten von Amerika, war eine ganz andere Sache und Dimension. Es war eine schwerwiegende kriminelle Handlung, würde ihn zum Status eines Verbrechers machen, wenn nicht schlimmstenfalls zum Gejagten, was ihm gar nicht gefiel."

„Hör zu Jim, ich hatte mir eher einen Job oder erfreulicheren Auftrag vorgestellt, als einen Auftragsmord, als du den Kontakt mit mir aufnahmst, was mich sehr freute. Um wieviel Geld wird denn die Bläckybank erpresst?"

Jim hatte sich das Gespräch einfacher vorgestellt, keine Ablehnung von Francis erwartet, er tat einfach zimperlich, er merkte wie Francis bald den Auftrag ablehnen würde, an seinem Verhalten, Antworten und Gesichtsmuster.

„Francis, wie vorhin gesagt, möchte ich nicht in die Details gehen, der Betrag geht in die Millionenhöhe und die Bank zahlt auch keinen Pfifferling an Chester, jedenfalls inoffiziell. Also Francis, nehmen und gehen wir, das mal hypothetisch an. Was würde der Preis sein für dich, um einen solchen Auftrag auszuführen?"

Der Kopf von Francis, kam zum Rotieren, er hatte nie mehr als 10 000 Dollar besessen, nannte dann sporadisch eine Summe von 100 Tausend Dollar, was für ihn eine Menge Geld darstellte. Er würde mit dem Geld und der Rente für eine längere Zeit gut leben können, im Ausland sehr wahrscheinlich wie ein König. Er hatte ein gewisses Alter erreicht mit knapp über 50, die Möglichkeit an so viel Geld zu gelangen in noch seinem restlichen Leben, ist eher unwahrscheinlich.

„Trotzdem, hör zu Jim, eigentlich lieber nicht, die Sache ist mir zu Heiss. Wenn du einen richtigen schweren Verbrecher erwähnt hättest, welcher sein Unwesen in den USA treibt, hätte ich eher den Auftrag angenommen, dies eine Art als Dienstleistung und Verpflichtung für die USA, wie privat für dich, verstehst du mich und das eigentliche Problem dahinter. Ich werde durch diesen Auftrag zu einem Kriminellen."

Jim verging das Lachen, das Gespräch lief komplett in eine ganz andere erwartete Richtung" Warte Francis, ich komme gleich wieder."

Lief zum Schlafzimmer, wo er seinen Aktenkoffer vorher abgestellt hatte, legte den Koffer auf den

Beistelltisch der Couch, wobei er ihre Getränke beiseiteschob.

Er öffnete langsam den schwarzen Koffer vor Francis Augen. Francis Augen vielen fast aus den Höhlen, kam aus dem Staunen gar nicht mehr heraus, einige Sekunden und mehr, schaute Francis in den Koffer ohne zu reden. Der Koffer war vollgefüllt mit Banknoten, zur Krönung lag mittendrin auf den Scheinen ein Goldbarren, der nur so glänzte, als wäre Dieser erst gegossen und poliert worden. Während Francis sprachlos in den Koffer schaute sprach Jim weiter. „Francis es geht tatsächlich um ein verdammtes Verbrechen, sogar ein schweres, welches du nicht ganz nachvollziehen kannst, das ist verständlich, dieser Typ ist ein richtiges Arschloch und Schwein, welcher eliminiert werden muss", Jim benutzte jetzt eher die harten schroffen Worte wie im Militär, „hier im Koffer sind genau 500Tausend Dollar, welche du gleich mitnehmen kannst wie den Einkilogramm Goldbarren, nach Erledigung des Auftrages erhältst du nochmals 500Tausen Dollar."

Francis Blick war immer noch auf den Koffer gerichtet, die Worte nochmals 500Tausend Dollar hörte er aber ganz genau. Ein Lächeln fing von seinem Mundwinkel bis zu den Backen langsam abzuzeichnen, seine Augen strahlten. „Vergiss dann aber, ja nicht den zweiten Goldbarren beizulegen."

Beide mussten laut lachen, und ein Stein fiel von Jims Herzen.

Beide gaben sich den Handschlag und nochmals die Faust, wobei dieser Einschlag unwiderruflich und endgültig war, in der Armee hatte man keine Zeit um Verträge aufzusetzen.

„Also gut, gehen wir die Details ganz genau durch, denn dir darf auf gar keinen Fall, einen Fehler unterlaufen, sonst sind wir letztendlich wortwörtlich alle am Arsch, wie ich und du, sowie auch die Bläckybank. Ich gebe dir jetzt alle Informationen über Danny Chester, wie Fotos, Unterlagen und Dokumente, gehen wir nun Punkt für Punkt den Auftrag durch."

„Alles klar" gab Francis zur Antwort, währenddessen er, immer noch, in den Koffer schaute.

16. Restlicher Zeitablauf am 8. November (Francis Tenner und Jim Stayli)

Nach der Instruktion und Planung mit Francis Tenner, flog Jim Stayli um 23.30 Uhr zurück nach Manhattan, von dem langen Tag, wie auch von den zähen Verhandlungen mit Tenner, schlussendlich mit Erfolg, war er erschöpft und ausgepauert. Morgen, am Donnerstag, konnte er wieder den Verpflichtungen und der Arbeit eines CEOs nachgehen, dessen seine Leidenschaft war, Jim Stayli fiel bald im Bordsessel in den Tiefschlaf. Währenddessen, nach Jim Staylis Abreise, sass Francis Tenner mit einem Whisky, wie zuvor an der gleichen Stelle, vor dem Koffer, traute seinen Augen immer noch nicht, durchwühlte das Geld mit seinen Fingern, fing mit der Zeit an, das Geld zu zählen, ob es wirklich 500Tausend Dollar waren, so ganz traute er Jim nicht. Er fragte sich, wieso Jim nicht 1000er Dollar Scheine in den Koffer legte, es wären dann genau 500 Scheine. Jetzt in Bündel gestapelt, waren es vorwiegend 100er Dollar Scheine, mit einigen, wenigen 1000er Bündel. Vielleicht wurde der Koffer so gefüllt, damit der Betrachter auch die Menge realisierte welches das Geld darstellte, wiederum könnte es auch aus Sicherheitsgründen sein, wer läuft heutzutage mit 1000er Dollarscheinen in der Gegend herum, wobei die meisten Tankstellen wie auch Läden Diese nicht mehr als Zahlungsmittel entgegennahmen wegen Betrug und Fälschungsgefahr. Jim hatte ihm ausdrücklich mitgeteilt, das Geld nicht bei einer Bank anzulegen, oder zu viel Geld auf einmal auszugeben, Dies würde in seiner gewohnten Umgebung erheblich auffallen, und Fragen mit sich ziehen. Auf gar keinen Fall hängige Schulden zu begleichen, auch zu auffällig. Als wäre Francis ein Verschwender, ausser beim Alkohol, stelle er leider zum 1000-mal fest.

Francis Tenner freute sich einfach, mit ein bisschen Geschick und Verstand, konnte er ein beachtliches Leben führen, tun und lassen was er wollte.

Der Goldbarren wirkte auf Tenner, um ein X-Faches mehr, als die vielen Banknoten, Dessen um einiges mehr Wert. Francis war im Gegenteil zu Jim Stayli überhaupt nicht müde, das viele Geld gab ihm eventuell die Chance sein Leben in eine neue Richtung zu lenken.

Zusätzlich der Erfolg seit Montagnacht keinen Schluck Alkohol mehr getrunken zu haben und der jetzige Nachholbedarf des Alkohols, wie der schnelle unvorhergesehene Reichtum ohne dafür etwas zu tun, putschten Francis auf und hielten ihn wach.

Er konnte diese Nacht in der Luxusbude verweilen.

Jim meinte, er solle den Luxus geniessen wie auch die Suite voll auskosten, reich wäre er jetzt ja auch.

Verdammt er hatte bisweilen gar nicht gross über den Auftrag nachgedacht, das hatte bis morgen Zeit, blendete die bevorstehende Arbeit aus den Kopf, lief mit der Whisky Flasche zum Luxusbad, lies warmes Wasser in die Badewanne fliessen, besser gesagt Whirlpool, bis es im ganzen Raum so richtig dampfte, wobei er schätzte und feststellte, dass tatsächlich drei Erwachsene Personen darin Platz fanden, vielleicht sollte er sich Schwimmflügel anziehen um nicht zu versaufen. Zog sich aus, stieg hinein, fluchte einige Minuten bis er die Bedienknöpfe fand, stellte auf Sprudeln, genoss einfach hier zu sein.

Das warme Wasser auf dem Körper und das sanfte sprudeln taten ihm gut, in seiner Wohnung konnte er sich nur mit einer Dusche begnügen, nach geraumer Weile drückte Francis auf die Tastatur, zappte durch den Bildschirm bis er den Sportkanal fand. Den Whisky trank er gemächlich in kleinen Portionen, es war für ihn seine eigene Medizin, der Alkohol, um zu vergessen und abzuschalten, denn ein neues Zeitalter brach für ihn an, er liess die Fantasie spielen mit seinem neuen erworbenen Geld. Francis nahm sich vor, noch eine lange Weile, in Diesem, für ihn wundervollen Badezimmer zu verweilen.

Plötzlich, mitten in der Nacht, wachte Francis Tenner mit leicht erschlafften Gliedern auf, durch das kalte Wasser, brauchte einige Zeit, bis er erkannte, realisierte, dass er nicht in seiner Wohnung, sondern in dieser Suite in einer Badewanne lag.

Schlaf-getrunken, wortwörtlich, schlenderte Francis ins Schlafzimmer, lies sich ins Bett fallen, zog die Decke über sich um sogleich wieder einzuschlafen.

17.Francis Tenner in Aktion, 9.November

Am Donnerstagmorgen um 6.07 Uhr wachte Francis zum zweiten Mal auf im Schlafzimmer, genoss noch eine Weile liegen zu bleiben im französischen Doppelbett ala Firstclass, drehte sich mit der Zeit hin und her, raffte sich dann, schlussendlich doch noch auf, lief zu allererst ins Wohnzimmer um festzustellen, dass Dies nicht nur ein Traum war, sondern Wirklichkeit, öffnete den Koffer, alles drin, als wäre über Nacht der Koffer wie dir nichts von Geisterhand verschwunden, schlimmstenfalls noch leer. Er streckte und dehnte seinen Körper, betrachtete einige Minuten lang durch die Panoramafenster die aufgehende Sonne, über den Lake Michigan. Fühlte sich seit langem, nicht mehr so unbekümmert, gedankenlos. Genoss einfach die wunderbare Aussicht, mit den verschiedenen farbigen grossen und kleinen Booten auf der See. Er nahm den angenehmen Geruch in der Suite wahr, im Gegensatz zu seiner nach Rauch, Alkohol und Wäsche geschwängerten Luft seiner Wohnung. Aber ein Geruch fehlte ihm jetzt am morgen früh, hier und jetzt, der Geruch nach feinem Kaffee, Dieser bestellte Francis gleich über das Hoteltelefon. Genoss weiterhin den angebrochenen Morgen, sitzend mit dem bestellten Kaffee und einer Zigarette im Mund auf der Couch mit dem Blick zur See. Das Rauchverbot missachtete er mit den Gedanken, dass bei einem 1000 Dollar pro Nacht Zimmer, das Rauchen gestattet und inbegriffen sei.

Danach liess Francis Tenner, es sich, nicht noch einmal nehmen, ein ausserordentliches Bad in vollen Zügen zu nehmen und zu geniessen, wieso auch nicht, vielleicht war Dies das letzte Mal, dass Francis in so einer Suite weilte. Absoluter Blödsinn dachte er sich, er hatte genug Geld, würde sicherlich ab und zu, sich den Luxus gönnen, wie auch sich verwöhnen lassen. Es brachen neue Zeiten an für ihn, genau ab heute und jetzt, ein neuer Lebensabschnitt, mit einer zweiten Chance.

Francis nahm sich vor, Dies zu sich selber, mehrmals zu sagen (die zweite Chance in seinem Leben), um zu realisieren wo er gerade neu als Person stand in dieser Welt. Seit 18, kannte er nur den Kampf, hartes Training, eiserne Disziplin, sich körperlich ans Limit bringen, Befehle entgegen zu nehmen und dem Staate dienen. Dies ist nun endgültig vorbei.

Er musste sein ganzes Leben lang unten durch, auch seine Kindheit und Jugendzeit war alles andere als gerade rosig. Francis wollte, musste diese Chance nutzen. Das voraus bekommende Geld von Jim, basierte auf absolutes Vertrauen, denn Jim ging davon aus, dass Francis den Auftrag auch wirklich ausführen würde, wenn er Dies nicht täte, würde Jim, Francis sicherlich nicht so viel Geld im Voraus überlassen. Denn es bestand ja die Möglichkeit den Auftrag gar nicht auszuführen, mit den Kröten einfach abzuhauen, auf die Nummer sicher zu gehen ohne Risiko, einfach den Auftrag sausen lassen,

500Tausend Dollar war eine Menge Geld. Francis spielte mit den Gedanken Dies zu tun, aber nochmals die gleiche Summe zu erhalten, reizte ihn mehr. Zudem gab Francis mit der Faust zu der von Jim, als Zeichen, das Soldatenehrenwort, welches für ihn unumstösslich galt, gar keine Frage. Solche Abmachungen unter Soldaten galt für Francis sein ganzes Leben lang. In der Militärbasis sowie im Krieg musste man sich auf seine Kameraden verlassen können, sonst war das Leben ein Pfifferling wert. Die Geldsumme garantierte Francis jetzt, mit der zusätzlichen Soldatenrente, für sein zukünftiges Leben finanziell ausgesorgt zu haben, eine Frage der Disziplinen und der Vernunft. Disziplin gelernt in der Armee, Vernunft nicht unbedingt, der Beweis gab ihm der Alkohol, welcher er garantiert nicht im Griff hatte, sondern umgekehrt. Francis stieg schwerfällig aus der heissen Badewanne, zog noch von gestern, die leicht feuchten liegengelassenen Kleider wieder an, einige Minuten später zog er die Eingangstüre der Suite hinter sich zu, mit dem Gedanken und Ziel ein ordentliches Frühstück zu nehmen, denn seit gestern Mittag war Dies die letzte Mahlzeit, er verspürte einen Bärenhunger. Im Frühstückssaal auf das bestellte Essen wartend, schoss er wie von Besinnen aus dem Stuhl, worauf er einige amüsierte Blicke der Gäste auf sich zog, lief zum Kellner, teilte ihm mit, er würde gleich wiedererscheinen, lief schnurstracks weiter zum Lift, welcher ihn wiederum zur Suite brachte. Wo hatte Francis nur den Kopf gelassen. Die Reinigungsequipe war schon unterwegs im Gang, welche auch einige Zeit später sein Zimmer erreichen würde. Francis trat ein, legte die Dokumente für den Auftrag in den Koffer, Dessen er noch nicht angeschaut wie studiert hatte, aber umso mehr das Geld und das Gold. Wie blöd kann er nur sein, den Koffer hier liegen zu lassen, hatte er nicht erst kürzlich von einer zweiten Chance in seinem Leben gesprochen, darüber nachgedacht und geträumt. Wenn Francis so den Auftrag ausführte ohne seinen Kopf bei der Sache zu haben, kam Dies einer persönlichen Katastrophe gleich, mit ungeahnten Folgen, dann gute Nacht. Er warf überall noch einen Blick in die Zimmer hinein, ob er etwas liegen oder vergessen hatte, verliess kurz darauf endgültig die Suite, natürlich mit seinem Koffer, um wieder an den Frühstückstisch zurückzukehren. Die Brötchen, Marmelade, Fleischplatte und der Kaffee warteten schon auf ihn, mit wässrigem Mund nahm er nochmals Platz.

Das Essen war ausserordentlich hier, er blieb einfach sitzen, genoss den Kaffee, während seine Hirnzellen für das weitere Vorgehen für diesen Tag nachdachten. Der Termin, welcher Jim vorgab für den Auftragsmord, war absolut kurzfristig und im roten Bereich, fast unrealistisch beim genauen betrachten. Er musste zuerst die Person observieren, seine Gepflogenheiten feststellen und wahrnehmen, beschatten, wenn das nötig wäre, nicht zu vergessen zu eliminieren. Wie war sein Name schon wieder, Chan Davis, oder, nein, genau Danny Chester.

Von der Wirtschaftskriminalität zum Auftragsmord, kam Francis Tenner in den Sinn, er konnte Dies immer noch nicht nachvollziehen, wie ein Grosskonzern auf so eine stupide Idee kam, Die haben doch alles, machen wegen einer Person die ihnen in die Quere kam so einen Aufstand. Natürlich, im Irak hätte man diesen Dany Chester kurzerhand umgenietet. Anwaltskanzleien schossen zu Hauf in die Höhe, wegen Streitigkeiten irgendwelcher Art, dieser Konzern Bläckybank besass zu genüge Geld, um sich die besten Anwälte zu leisten. Wo käme man hin, wenn die Wirtschaft bei solchen auftauchenden Delikten und Problemen einen Auftragskiller engagierte, in einem, doch noch demokratischen Staat. Tenner konnte es nun egal sein. Wenn die Anwälte der Bläckybank und die Anwaltskanzleien, wobei er annahm, dass Jim und Don Diese auch kontaktiert hatten, wer auch immer, es nicht auf die Reihe brachten, wird er das Problem lösen mit seiner super Entlöhnung.

In anderen Länder wurden Leute umgebracht für weit weniger Geld, oder um einen stupiden religiösen Gedanken... Jedenfalls konnte er dankbar sein um diesen Auftrag, zugleich stolz, dass ein so namhafter und berühmter Konzern um seine Hilfe bat. Genau so, sollte er denken, positive Gedanken durch sein Hirn fliessen lassen, um auch hinter dieser Aufgabe und den Auftrag zu stehen.

Etwas über eine Woche gab ihm Jim Zeit, bis spätestens den 18. November.

Francis brauchte nur schon alleine, einige Monate, um wieder in seine alte Höchstform zu gelangen, Dies wusste natürlich Jim nicht. Dieser glaubte, Francis wäre immer noch, der Selbe, durchtrainierte Soldat mit ein wenig Bauch mehr, wie vor einigen Jahren. Jim befand, die geeignetste Lösung mit dem Scharfschützengewehr, welches durchaus berechtigt erschien, worin Francis in der Armee mit Abstand der treffsicherste und Beste war. Durchaus berechtigt von Jim, der Gedanke mit dem Scharfschützengewehr.

Jedenfalls, hatte immer alles einen Hacken. Der Kontakt unter ihnen sollte für längere Zeit absolut unterbunden sein. Im allernötigsten Notfall vereinbarten Beide folgendes: Jim telefonierte von einer Telefonkabine um Francis auf sein Handy zu erreichen, oder umgekehrt rief Francis von einer Telefonkabine den Hauptkundendienst von der Bläckybank in New York an, wo er sich unter falschen Namen durchstellen lassen sollte zu Jim Stayli.

Der Kontakt, respektive das Gespräch, sollte kurzfristig gehalten werden. Beide vereinbarten einen einfachen Codenamen "Unterkunft" bei einem unausweichlichen Treffen, natürlich durften sie auf gar keinen Fall den Treffpunkt namentlich erwähnen per Telefon. Beide einigten und entschieden sich, für die Stadt Cleveland im US-Bundesstaates Ohio, gelegen an der Mündung des Cuyahoga River in den Eriesee.

Doch, eine grosse Stadt, mit der Einwohnerzahl um die 390Tausend, wo eine grosse, und für sie Beide, eine relativ, hohe und wichtige Anonymität beinhaltete.

Sie entschieden sich für ein unbekanntes Café mit dem Namen Mels Café an der 1468 W 9th Street. Nach dem Frühstück stieg Francis in ein Taxi, liess sich nach Hause chauffieren, bezahlte die Rechnung aus dem Koffer heraus, da er ansonsten zu wenig Geld auf sich trug. Betrat im Gegensatz zur Suite seine unordentliche Zweizimmerwohnung. Das Wohnzimmer sah aus, als sei eine Party am Laufen gewesen, und was für Eine, während seiner Abwesenheit. Überall um das Sofa, wie auf dem Tisch stand Geschirr, vorwiegend Gläser wie Flaschen, Abfallsäcke quollen hinüber, Essensreste und Kleider lagen am Boden verstreut, in der Küche stapelte sich wie im Wohnzimmer das Geschirr bis fast zur Decke. Im Schlafzimmer sah es nicht anders aus. Die Wohnung roch nach Rauch, altem Essen, getragenen Kleider, wie auf einer Mülldeponie. Die ausgebrannten Kippen am Boden würden dem Vermieter gar keine Freude bereiten, ein Wunder, dass bis jetzt noch nie ein Brand entstanden war, da Francis etliche male beim Fernsehen alkoholisiert mit der brennenden Kippe einschlief bevor der Film überhaupt zu Ende war.

Der Vermieter müsste doch etwas Geld in die Finger nehmen, um die Wohnung wieder auf Vordermann zu bringen. Francis wollte nicht mehr auf diese Art leben, wollte mit der zweiten Chance die ihm überraschenderweise geboten wurde, neu anfangen. Somit begann Francis, zuallererst, die Wohnung aufzuräumen und soweit in ordentlichen Zustand zu bringen.

Nach der Reinigungsaktion, die Uhr stand schon auf 13.14 Uhr, begab er sich ins Schlafzimmer, lief zur Rückwand vom Zimmer, hängte das Bild mit der Darstellung einer Ferieninsel mit langen weissen, endlosen Stränden mit Palmen in Thailand, wo er schon immer einmal hinreisen wollte, von der Wand ab. Von Auge nicht sichtbar betätigte er einen Hebel, eine eingelassen Türe ging auf, womit ein verborgener geheimer Raum zum Vorschein kam, in der gleichen Grösse wie das Schlafzimmer. Im Gegensatz zur Wohnung waren die sauberen und eingefetteten Waffen schön aneinandergereiht an der Wand. Munition, ein Raketenwerfer, Handgranaten, Militär-und Tarnkleidung, wie andere Kriegswerkzeuge traten ins Bild.

Francis freute sich wieder einmal den Raum zu betreten, erinnerte ihn an alte Zeiten, Staub sammelte sich langsam an. Francis, einzig wertvollster Besitz vor einem Tag. Er griff nach dem Scharfschützengewehr mit der dazugehörigen Munition und verliess die Wohnung. Als Francis beim öffentlichen Schiessplatz ankam, Einer der Wenigen in gerader Nähe von Chicago, gut erreichbar mit dem Auto, begrüssten ihn die Kollegen mit: so hat es dich wieder gepackt, sieht man dich auch mal wieder, wie läuft es so, die Standartfloskel halt. Francis hatte keine Zeit für lange Gespräche und Hände schütteln, war eigentlich sowieso, nicht sein Ding.

Arbeit wartete auf ihn, und das nicht Wenig.

Er lief geradewegs zum Schützenstand, wo auf weite Distanz geschossen wurde. Schoss kniend, stehend und liegend, stellte immerzu das Gewehr neu ein, bis er jeden einzelnen Schuss nacheinander ins Schwarze traf. Dann folgten Bewegungsabläufe mit schiessen, er machte Liegestützen oder Kniebeugen um den Puls hoch zu jagen, um sogleich wieder zu schiessen, da sah das Ergebnis schon anders aus mit der Treffsicherheit.

Er schnaufte wie ein Nilpferd. Vor allem deswegen, da Francis, konditionell schnell am Limit war. Der Bauchansatz, das viele Rauchen, der Alkohol, sowie kein Training und Sport machten ihm zu schaffen. Danach schoss er während dem laufen aus der Bewegung heraus, auch da war seine alte Treffsicherheit nicht mehr allgegenwärtig.

Er übte insgesamt über drei Stunden lang. Danach reinigte er die Waffen gründlich, ging zum Schützenhaus, liess sich bei einigen bekannten Gesichter am Tisch nieder, bestellte sich was zum Futtern, sprachen lange am Tisch miteinander über Waffen, alte Zeiten des Militärs, sowie auch über die Politik dazu, wie der Staat USA militärisch die Weltlage sah, da sich die Bedrohungslage massiv durch den Terror verändert hatte. Durch die hektischen Diskussionen lief die Zeit davon.

Um 23.30 Uhr trat Francis die Fahrt nach Hause an mit reichlich Alkohol intus. Einiger Zeit später, sass Francis vor den Fernseher und war soweit mit seinen Schiessübungen zu Frieden. Der Einsatz mit dem Scharfschützengewehr sollte Problemlos klappen, dachte er sich. Tat dann die Whiskyflasche auf, dessen er unterwegs in einem Tankstellenshop gekauft hatte, mit der Idee einen gemütlichen Fernsehabend zu verbringen.

Für Strategien, Einsatzplanungen und Überlegungen für den Auftrag, sah er für heute keinen Sinn mehr.

18. Sitzung Don Brenner und Jim Stayli in der Bläckybank New York City, 9. November

Nach einer alltäglichen Sitzung am Mittag den 9. November in New York, bat Don Brenner, Jim Stayli um ein Gespräch unter vier Augen zu führen in seinem Büro, gleich nach dem Mittagessen um 13.00 Uhr.

Das Büro von Don, befand sich im obersten Stockwerk des Bürokomplexes, genau gesagt im 120 Stockwerk, und beanspruchte die komplette Etage.

Beide begrüssten Lisa Melligen, Dons Chefsekretärin, im Empfangsraum.

Don erzählte Jim, dass Lisa seit 40 Jahren seine Chefsekretärin war. Der immense Papierkrieg ohne Lisa Melligen zu verrichten, unvorstellbar für Don.

Zudem wusste Lisa immer wo die Unterlagen lagen, sie Beide ergänzten sich einfach in jeglicher Hinsicht und stellten absolut ein eingespieltes Team dar.

Wenn Don früher in den alten Zeiten die Stelle wechselte und bei einer anderen Firma den neuen Job antrat, da kam Lisa Melligen mit, sie gehörte einfach zum Inventar, wie Don es zu nennen pflegte.

Zudem besass Lisa Melligen die Vorzüge, dass sie eine von den wenigen Frauen war, ohne zickigem Verhalten und Getue, und Neid und Machtgehabe nicht kannte.

Wie Don, konzentrierte sie sich nur auf ihre tägliche Arbeit.

Don liebte ihre natürliche Art, welche sie in der langen Zeit in diesem Geschäft nicht verloren hatte, sowie auch mit der hohen Anstellung in der Bläckybank.

Beide durchlebten in den Jahrzenten hektische, turbulente und eine spannende Zeit und standen immer noch auf der Matte und Dies in der höchsten Position eines internationalen Grosskonzernes.

Don wechselte einige Worte mit Lisa, dann traten sie in das Büro von Don ein, eher einer Kathedrale gleich. Überall standen schwarze Marmorsäulen, dem Stil aus der Römerzeit übernommen, einige davon waren echt, von Don Brenner höchst persönlich hauptsächlich aus Italien vor Ort eingekauft, vor fast 50 Jahren, und welche per Seefracht verschifft wurden.

Heute wären diese historischen Säulen nicht mehr zu bekommen, ausser vielleicht auf dem Schwarzmarkt, um ein Vielfaches teurer, jetzt ein Vermögen wert. Jedes Mal war Jim positiv überrascht.

Die Deckenhöhe war über 6 Meter hoch, anders als bei den gängigen Stockwerken des Gebäudes, und teils mit Glas überdacht, mit direktem Blick zum Himmel.

Eine geschwungene Stahltreppe führte von Dons Büro direkt auf das Dach, wo ein professioneller angelegter Garten sich befand, durch, und mit der direkten Anweisung und Inspiration von Don Brenner an die Gartenbaugesellschaft erstellt.

Don benutzte den Garten, welcher ihm Ruhe und Kraft gab, trotz der üblichen Beschallung einer

Millionenstadt zwischendurch vom Strassenverkehr und den Flugzeugen. Vor allem bei wichtigen, komplexen und strategischen Entscheidungen für die Bläckybank, traf man Don Brenner immer wieder in seinem Garten an. Er benutzte aber auch den Garten für persönliche Ideen und Inspirationen.
Ohne persönliche Erlaubnis von Don, den Garten zu betreten, kam einer Kündigung gleich.
Denn, die wenige innerliche persönliche Ruhe welche Don in seinem Job und langen mühsamen Arbeitstagen im Garten fand, waren für ihn ein Heiligtum.
Der grosse Arbeitstisch aus purer Eiche, der tatsächliche Arbeitsbereich von Don, stand acht Meter vor den riesigen Glasfronten mit der Aussicht über ganz Manhattan, zur Stadt Jersey City, zum Stadtteil Brooklyn, East River mit der Manhattan-Brooklyn-und-Williamsburg-Bridge... bis zum Atlantic hin...

Hinter dem Bürotisch befand sich eine grosse Eichenwand mit Regalen, in Denen zahlreiche Fachbücher über Wirtschaft, Börse und Recht standen, wie Fotos mit namhaften Grössen mit Don, welche noch lebten und schon verstorben sind, wie aus der Politik, Wirtschaft, Sport, Familie usw., sogar ein Bild mit allen 30 Mitgliedern vom Circle.
Ein altertümliches Sideboard befand sich auf der linken Seite vom Bürotisch, wo die aktuellen Dokumente und Verträge lagen, welche erst abgeschlossen oder in Bearbeitung waren.

Die restlichen Unterlagen wurden im Empfang bei Lisa untergebracht, für die sofortige Erreichbarkeit von Don, später dann archiviert im Kellergeschoss. Das Archiv war Riesig, kam einem grossen Müllschlucker gleich, welches nur beharrlich und widerspenstig die ewig gesuchten Unterlagen wieder preisgab mit seiner Dimension von 10 unterirdischen Stockwerken. Bei Ablauf von der gesetzlich vorgeschriebenen Rahmenfrist und Zeit, wurden die Unterlagen durch eine Eigens im Gebäude untergebrachte Maschinerie geschredert und verbrannt.

Nur in einem sogenannten Dokumententresorraum wurden noch alte Unterlagen aufbewahrt welche massgeblich die Geschichte der Bläckybank beschrieb und eine Rolle gespielt hatten, wie auch Unterlagen von bedeutenden Geschäftsabschlüssen usw.

Vor der Wand des Bürotisches stand ein grosser, massiver Sitzungstisch mit 12 Stühlen, wie auch der Bürotisch aus dunkler Eiche, im Kreis umgeben von mannshohen Kunstwerken aus Bronze und Chromstahl, eine Davon stellte Don Brenner dar. Beide nahmen abseits gelegen im Raum, auf zwei Sofas aus Seide Platz, mit einem kleinen Beistelltisch. Ausschliesslich für Gespräche unter vier Augen bestimmt. Wie beim Sitzungstisch, standen einige Bronze-und Chromstahlfiguren um die Sitzgruppe, die Personen darstellten, aus den letzten 2100 Jahren, welche massgeblich die Geschichte beeinflusst hatten, inklusive Don Brenner, als stille Beobachter und Zuhörer.

Don deutete auf die Wein und Zigarrenvitrine welche zwischen Napoleon und dem Hunnenkönig standen. "Jim möchtest du etwas trinken, oder eine kubanische Zigarre?"

„Wasser wäre eine gute Idee."

Don stellte eine kühle Wasserflasche mit 2 Gläser auf den Tisch.

„Also Jim, verbrachtest du noch einen restlichen schönen Sonntag in Boston mit Dr.Westermann? "

„Boston ist wirklich eine schöne Stadt, wir schlenderten eine Weile durch die Einkaufsgassen der Innenstadt, wobei wir uns nach einiger Zeit trennten. Ich führte ein Telefongespräch mit Francis Tenner, um folglich einen Termin zu vereinbaren, derweil Dr.Westermann seinem Goldhobby nachging, du kennst ihn ja. Kurzum, einige Zeit später, speisten wir vorzüglich im Restaurant The Palm Boston an der 100 Oliver Street.

He Don, hab's fast vergessen, du glaubst es nicht, als ich und Karl im Taxi sassen gesellte sich wie dir nichts, nicht anders vorgesehen, zugleich dein Freund Jeremis Knick-Fender zu uns, um ihn, in die Innenstadt mitzunehmen. Er bot uns zugleich eine Stadtführung an, welche wir dankend ablehnten, denn nach der langen Sitzung vom Circle wollten wir uns nicht noch stundenlang belabern lassen, kurzum wir tranken noch einen Kaffee mit dem Standpräsidenten, wobei Dieser nochmals seine herzliche Grüsse an dich ausrichtete."

„Unglaublich, er ist wie eine Zecke, er lässt einem nicht mehr los, er ist wirklich ein netter Kerl, er meint es gut, aber er hat irgendwie keine Grenzen, ich weiss nicht, wie seine Frau sein unaufhörliches Gerede aushält. Ich weiss nicht, ich glaubte immer die Frauen reden so viel, hab mich anscheinend schwerlich getäuscht.

Wenn wir schon beim Stichwort „du glaubst es nicht" sind, meine Limousine wurde aus dem Bläcky gestohlen, der Concierge wie auch der Hoteldirektor brachten mich fast in den Wahnsinn, Beide absolute Nieten. Ich glaubte nicht mehr aus dem Hotel fortzukommen."

„Unvorstellbar, Don bist du dir sicher, könnte es nicht möglich sein, dass ein Mitglied vom Circle dein Fahrzeug beanspruchte um an den Bostoner Flughafen zu gelangen."

Nein Jim, würde mich natürlich absolut freuen, wenn das Fahrzeug, auf so eine einfache Weise, wieder zum Vorschein träte, aber ich bin mir absolut sicher.

Denn an diesem Sonntag, unterwegs nach New York, kehrten wir im Restaurant ein, danach kommen wir wirklich zum interessantesten Teil, betreff Bezahlen, wobei mir sogleich die Röte ins Gesicht schoss, als ich die Rechnung mit meiner Kreditkarte bezahlen wollte, als mir der Kellner mitteilte, dass die Transaktion mit der Kreditkarte, respektive die Bezahlung nicht möglich sei.

Nach mehrmaligen Zahlungsversuchen, das gleiche Resultat.

Jepp übernahm dann die Rechnung und bezahlte Bar.

So eine peinliche Situation erlebte ich seit Jahrzenten nicht mehr, ausser in meiner Jugend-und Studienzeit, wo das Geld natürlich noch rar war. Ich als Banker und Manager einer weltreichender Grossbank usw. zahlungsunfähig, unglaublich unmöglich.

Ich nahm sogleich telefonischen Kontakt mit Lisa Melligen auf, als mir die Röte zum zweitenmal ins Gesicht schoss und sich steigerte, als ich erfuhr, dass von meiner Karte 19 420 Dollar Bar in der Sonntagnacht an einem Bankomaten abgebucht wurden. Das heisst, die Monatslimite von 20 000 Dollar wurden voll ausgereizt.

Zuerst verstand ich nicht die Situation, wie Das möglich sei, als ich dann alsbald begriff, dass ich meine Handtasche in meiner Limousine liegen liess. Wie du weisst, habe ich aus Gewohnheit eine Zweitkarte in meiner Hemdtasche auf mich, welche ich, immer auf mir trage.

Jedenfalls, als älterer Mann, und als schlechtes Vorzeigebeispiel von Kartenbesitzer, habe ich die Pins auf einen Zettel geschrieben und bei den Karten in meiner Handtasche aufbewahrt.

Bei der Überprüfung der anderen Kreditkarten, wurde festgestellt, dass nahezu 75 000 Dollar abgebucht wurde.

Also ein Weihnachtstag und ein Geschenk für den Dieb, und im Gegenzug für mich ein grosses Ärgernis.

Jedenfalls wurden die Kreditkarten sofort gesperrt und neue bestellt.

Eine absolute Lernstunde für mich."

Ungeheuerliche Geschichte, Don, dem Fall, ist somit alles klar, dass dein Fahrzeug gestohlen wurde, vor allem mühsam, wenn das Geschäftsfahrzeug im privaten Besitz ist.

„Den Diebstahl, wird wohl deine Versicherung übernehmen?"

Jim, das Fahrzeug ist auf das absolute Minimum versichert. Ich habe genügend Geld, um etwaige Schäden selbst zu bezahlen und auch keine Versicherung bringt mir das Fahrzeug wieder zurück. Würde mich schon interessieren, was der Dieb, mit dem Fahrzeug anstellt und vorhat, da Dieses eine absolute Rarität ist.

Denn, in dieser Form, ist das Fahrzeug fast unverkäuflich, jedenfalls in den USA, im Ausland sieht es anders aus, die Araber stehen auf solche Fahrzeuge, hauptsächlich mit einem Mercedesstern oben drauf. Mit den heutigen Kommunikationsmitteln und dem Internet, wie auch mit den internationalen Transporten von Frachten mittels Container und Häfen aller Welt, ist es spielend leicht, eine solche Limousine zu verschiffen, dass zu einem kostengünstigen Preis.

Wie auch immer, weiter im Text, zum tatsächlichen Gespräch, du hast schon den Punkt angesprochen mit Francis Tenner, warst du erfolgreich?" fragte Don interessiert.

„Ja Don, die Sache ist am Laufen, Francis erledigt den Auftrag bis spätestens zum 15.November, somit ist auch die Zeitvorgabe klar."

„Von wo kennst du diesen Mann? Kann man sich garantiert auf ihn verlassen? Ein hohes Risiko besteht darin, dass wir und die Konzerne, im Nachhinein in eine Art Erpressbarkeit fallen. Genauer gesagt, im Nachhinein zusätzlich erpressbar werden und Dies in einer noch übleren Art."

„Ich kenne Francis Tenner aus der Militärzeit, habe absolutes Vertrauen zu ihm, wobei eine langjährige Freundschaft und Verbindung besteht, vor allem ist Francis loyal und hält seine Versprechungen. Don, du warst ja selber in der Armee, weißt vielleicht selber noch, was ein Versprechen unter Berufssoldaten bedeutet, Dies gilt in der heutigen Zeit immer noch und hat Bestand. Sein Leben lang war Francis Berufssoldat, bekleidete keinen anderen Job oder Tätigkeit, heute ist er im Ruhestand und somit aus der Armee mit etlichen Auszeichnungen und Orden für die US-Armee ausgeschieden. Er ist absolut Integer und unser Mann. Die Idealperson für diesen Auftrag."

„Denk dran Jim, wie du sagtest, Francis ist Berufssoldat, kein Profikiller, ich habe da ein bisschen bedenken."

„Das kann ja schon sein, wir Beide kamen auch auf diesen Punkt zu sprechen, Francis meinte: es bestehe keinen Grund zur Sorge, er werde akribisch und professionell vorgehen und handeln. Was auch noch sehr wichtig ist, seine Loyalität ist sehr ausgeprägt. Bei einem Berufsverbrecher ist wirklich die Möglichkeit vorhanden, wobei wir nicht wissen, wer und was für Personen noch dahinter sind und stecken, Diese, durch das Wissen und Informationen, gegen uns ausnützen könnten, um wiederholende und unaufhörliche Erpressungen vorzunehmen. Welches natürlich in ungeahnte Bahnen laufen könnte.

Nein, Tenner ist wirklich unser Mann."

„Also Jim, ich gebe mich mit dieser Antwort zu Frieden, du wirst ausschliesslich diese Operation leiten, je weniger Davon wissen umso besser. Denn, die Clubmitglieder vom Circle zu involvieren und zu informieren bringt überhaupt nichts. Du hast ja die Reaktionen in der Sitzung gesehen und gehört. Die wissen gar und überhaupt nichts, was auf dem Spiel steht, die Mitglieder haben nur das verdammte Geld im Kopf sonst nichts. Die sind zu blöde um zu begreifen, dass gerade jetzt, in diesem Augenblick, es um ihre Köpfe und Kragen geht, dass, im wörtlichen Sinne. Das ist nicht, einfach nur Gelaber. Ich bin stolz auf dich, denn du hast die Lage und die Situation begriffen und den einzig richtigen Vorschlag vorgetragen. Auch wenn diese Situation und dieser Auftrag keine schöne Angelegenheit ist.

Jedenfalls, so oder so, wirst du, für deinen Einsatz und damit verbundene Arbeit, auch dementsprechend belohnt, das ist gar kein Thema für mich, und steht ausser Frage.

Für das Desinteresse der anderen Circlemitglieder suche ich noch eine gebührende Abstrafung, wie es aussieht, geht Dies nur mit, oder über das Geld.

Wenn wir schon beim Thema Entlöhnung sind, wieviel Geld hast du Francis Tenner angeboten?"

„Danke Don für dein entgegengebrachtes Vertrauen. Ich war selber sehr überrascht, über das Verhalten und der Denkweise der Mitglieder, wie du erwähntest. Die wissen wirklich nicht was Sache ist. Ich bin vielleicht auch zu Direkt mit meinen Erläuterungen, wie Argumentationen gewesen am Sonntag in Boston. Ich kann natürlich in gewisser Hinsicht auch in die Mitglieder hineinfühlen, denn, wenn wir es direkt ansprechen, sprechen wir von Mord, einem Auftragsmord. Gut, ich bin mir als Soldat eine gewisse Skrupellosigkeit gewöhnt. Schauen wir das Problem einfach aus einer anderen Sicht und Sichtweise an, und nennen es Selbstverteidigung der Grosskonzerne und der Konzernbosse an," wobei Jim schmunzelte bei den Worten Selbstverteidigung der Konzernbosse.

„Zudem ist das stehlen von Daten und Informationen, wie bei der Bläckybank, eine kriminelle Handlung und eine daraus resultierende Erpressung schwerwiegend. Um wieder zu deiner Frage zurück zu gelangen, genau 500Tausend gab ich Francis Tenner per sofort, die restlichen 500Tausend erhält er nach Erledigung des Auftrages, "vom Gold erwähnte Jim nichts, Don sollte und musste nicht Alles wissen."

„Den Preis finde ich korrekt. Hör zu Jim, wenn irgendwelche Probleme auftauchen, kontaktiere mich unverzüglich, um jede Uhrzeit, wenn auch mitten in der Nacht. Jedenfalls sollten und dürfen wir, auf gar keinen Fall, per Telefon oder elektronischen Hilfsmittel wie Emails darüber

kommunizieren. Ich glaube Das ist für uns Beide klar.
Ich schlage vor, wir treffen uns dann, hier in der
Firma. Erwähne als Stichwort (die Sache) und nicht
mehr, dann ist alles klar, woraufhin wir uns im
offiziellen Sitzungsraum Nr.12 der Firma treffen.
Was meinst du dazu Jim, oder hast du einen
besseren Vorschlag?
Hoffe für dich, und Francis Tenner, ist Dies auch klar,
betreff der Kommunikationen?"
„Nein, alles klar soweit, für mich. Betreff dem
zweiten Punkt der Kommunikation, haben Francis
und ich, diesbezüglich, eine Abmachung und einige
Vorsichtsmassnahmen getroffen," gab Jim zur
Antwort.
„Wenn du mehr Geld brauchst für die Operation,
wobei Operation militärisch klingt, mit Absicht das
Wort gebraucht, oder irgendwas, hast du absolute
freie Hand und Spielraum. Ich vertraue dir Jim, unser
aller Ruf und Kariere liegt jetzt in deiner Hand. Ich
sage und erwähne es dir nochmals, du kannst mich
jeder Zeit kontaktieren, du kannst auf mich zählen.
Für mich, ganz Persönlich, ist es nicht mehr so
tragisch, wenn die Sache hops geht, denn ich habe
mein Leben gelebt, und das Reichlich.
Ihr dagegen, wie du und Karl, verglichen zu mir, seid
ihr noch jung. Trotzdem, bin ich überhaupt nicht
daran interessiert und erpicht, dass die
Angelegenheit ausser Kontrolle gerät und in eine
Katastrophe mündet.
Ich und wir Alle haben einen guten Ruf zu verlieren,
die Konzerne schon gar nicht zu erwähnen, da bin ich

schon Geschäftsmann genug, wobei die Konzerne immer an erster Stelle stehen vor einem Selbst, nicht wie die Meisten in ganz hohen Positionen, sich an erster Stelle sehen und den eigenen Profit.

Wie dem, auch so sei, denn, einen unschönen, miserablen und katastrophalen Abgang meiner Kariere wünsche ich mir auf gar keinen Fall. Dementsprechend setze ich alles daran, um einen dementsprechenden Abgang zu verhindern. Denn dieses Jahr, oder spätestens im Frühling, am 23.Februar, meines Geburtstages, wobei ich 85 Jahre jung werde, wie du weisst, jung als kleiner Witz, trete ich von all meinen Mandaten ab. Wie als Verwaltungsratspräsident von der Bläckybank und auch vom Circle, wie auch von den anderen Mandaten und Positionen von Firmen und Konzernen. Vielleicht werde ich in das zukünftige Geschäft von Karl einsteigen und nach Gold suchen in Alaska."

Beide kamen gleichzeitig, wieder einmal zum Lachen, bei dem Gedanken an Karl.

Jim liess Don Brenner einfach reden. „Nach meinem Rücktritt, werde ich nur noch als Berater fungieren, für grosse und kleine Firmen, welche mein Fachwissen und Erfahrungen benötigen und auch zu schätzen wissen. Damit wirst du Jim, zu einer der mächtigsten Menschen der Welt, im Bank und Finanzwesen.

Denn ich werde im Verwaltungsrat bestimmen, dass du garantiert den Posten als

Verwaltungsratspräsidenten erhältst, damit bekleidest du beide Sitze.

Den Vorsitz und den Posten des Verwaltungsratspräsidenten des Circles, wird fast zu hundertprozentig mein langjähriger Freund Jep Den Wipperis übernehmen, wobei er auch die nötigen Erfahrungen und Kenntnisse des Circles besitzt, wie auch die jetzigen Transaktionen der UIC vollzieht und die Mitgliederkonten führt. Beratend stehe ich Betreff des Circles immer zur Seite, bis zum Ende meines Lebens, dass ist klar. Jep ist seit langem, über meinen bevorstehenden Rücktritt informiert, aber für die Übernahme des Circles, respektive Betreff den Posten als Präsidenten, muss ich mich, mit ihm noch unterhalten.

Seit geraumer Zeit, immer steigender grosser Druck, fiel von Jims Schulter, und verspürte den Druck auf seiner Brust und Lunge, wie auch das beengende Gefühl auf seiner Luftröhre nicht mehr, denn endlich wusste er über den Abgang von Don Brenner Bescheid, sowie den zirka genauen Zeitraum.

„Verstehe Don, bin tatsächlich überrascht von deinem bevorstehenden Rücktritt, wobei, du bis jetzt, nie ein Wort darüber verloren hast, bin fast ein bisschen Sprachlos. Damit geht eine grosse Legende der Finanzindustrie verloren und in den Ruhestand. Ich dachte du würdest bestimmt noch bis zu deinem 90. Geburtstag in der Firma bleiben in dieser Funktion."

„Jim, ehrlich gesagt, ich habe mich kurzerhand entschlossen, ich bin jetzt 84, für mich ist die Zeit gekommen um zu gehen. Denn für meinen Geist und Körper wird es immer zäher, die Arbeit professionell zu verrichten, wie es meiner Funktion es sich gehört mit der grossen Verpflichtung und Verantwortung zur Bläckybank. Ich gebe den Platz frei, für einen jüngeren Menschen mit Ausdauer und neuen Ideen, welcher den Konzern in eine neue Richtung bringt, wie führt. Genauer gesagt an dich, du besitzt das nötige Rüstzeug und das Knowhow, dessen du mir, wieder abermals an der Sitzung bestätigtest. Wie auch immer, ich möchte mich mit den Annehmlichkeiten Lebens beschäftigen wie die ganz normalen Bürger und mir ein neues Hobby zulegen, da habe ich schon meine Ideen dafür. Ich hoffe, der Ruhestand tut mir gut, da ich eigentlich nur die Arbeit und das Finanzwesen in meinem Leben kenne."

„Ganz bestimmt, es braucht vielleicht eine bestimmte Zeit dafür Don, ich wünsche dir im Baldigen neuen Lebensabschnitt viel Glück dafür, jedenfalls musst du dir, nicht allzu viele Gedanken über die Angelegenheit Chester machen, der Auftrag ist am Laufen und nochmals, Francis Tenner ist der richtige Mann dafür."

„Ich hoffe Jim. Danke. Also, somit ist alles besprochen, wir sehen uns."

„Na klar, ich halte dich am Laufenden."

Don begleitete Jim noch bis zum Empfang, verabschiedeten sie sich sogleich, um ihren geschäftlichen Aktivitäten nachzugehen. Im schnelllebigen Geldbusiness warteten die Kunden und das Geld nicht, bis Es, in angeblich lukrativen Investitionen angelegt wurde, wie auch in den anderen Branchen, war im Bankensektor die Konkurrenz gross.

Lisa war am Computer beschäftig, als Don sie ansprach, „Ich hätte für dich noch ein paar kleinere Aufträge zur Erledigung, pressieren nicht, wäre aber dankbar, um dessen Ausführung in dieser Woche. Die Zustände im Hotel Bläcky sind katastrophal. Sende dem Hoteldirektor Salvet eine schriftliche Verwarnung und eine Kündigungsandrohung. Schreibst in das Schreiben, kurz und bündig, Betreff und Gemäss, persönlicher Besprechung mit Verwaltungsratspräsident Don Brenner direkt an Ort und Stelle mit Hoteldirektor Herr Salvet am 5. November usw. und sofort. Zugleich, veranlasse bitte, bei der Personalverwaltung, eine Lohnerhöhung beim Chefkoch Salvatore im Bläcky um 100 Dollar über den Lohn des Hoteldirektors. Dieser Mann leistet seit Jahren im Bläcky hervorragende Arbeit, dazu schreibe noch eine Dankeschön-Karte für die geleistete Arbeit im Bläcky an den Chefkoch Giovanni Salvatore, möchte aber die Karte persönlich unterschreiben. Ach noch etwas, teile zudem, dem Personalbüro mit, persönliche Anordnung von mir, wenn es mit Salvet nicht klappen würde, dass Herr Salvatore als zukünftiger Hoteldirektor vorgesehen ist."

„Don, da trafst du aber einige unzumutbare Zustände im Bläcky an, denn bei dir braucht es schon was, bis du so reagierst und solche Massnahmen einleitest."

„Frag einfach nicht danach, man stahl meine geliebte Mercedeslimousine aus der Tiefgarage, nach der Sitzung vom Circle sollte das Hotel für eine Woche geschlossen sein, der Concierge wie Hoteldirektor sind zwei Schlafkappen und Taugenichts usw...."

„Don, tut mir leid für dich, ich weiss, du liebst dieses Fahrzeug, ich hoffe, Es kommt bald wieder zum Vorschein."

„Die Tiefgarage selber, war nicht mit einer Alarmanlage gesichert, dass ist heute doch Standard bei einem 5 Stern Hotel, da ja meistens, mit teuren Fahrzeugen und Limousinen vorgefahren wird. Mir ist gerade noch ein Gedanke eingefallen, lass bitte die Ausbuchungsrate vom Hotel nachkontrollieren von den letzten 3 Monaten, bin gespannt auf das Ergebnis. Leg mir bitte die Unterlagen einfach auf den Tisch."

„OK, du willst es aber wissen," meinte Lisa.

„Ja stimmt. Das Hotel kommt mir immer wieder in den Sinn. Ich kann Dies nicht auf mich sitzen, und schon gar nicht auf mich beruhen lassen. Noch ein dritter Punkt, der Letzte. Informiere die Angestellten unten an der Rezeption, bitte darüber, dass Alle in Stellvertretung von mir, Jim und der Bläckybank,

beim Stadtpräsidenten von Boston zur Silvesterparty eingeladen sind.
Die Anwesenheit dort ist Pflicht, ausser bei nachvollziehbarer Begründung.
Kost, Unterkunft und der Firmenjet werden von der Bläckybank zur Verfügung gestellt."
„Da werden sich aber Einige darüber freuen."
„Ich hoffe es, die Rezeption soll sich als Management der Bläckybank ausgeben, und sich auch darauf einstellen, sowie die entsprechenden Kleider dazu tragen usw....Also viel Glück Lisa, wir sehen uns noch."
„Danke Don, bis später," als Don gerade halbwegs die Türe zuzog.

19.Francis Tenner in Aktion, 10. und 11.November

Am nächsten Morgen, erwachte Francis Tenner im Sessel, vor den laufenden, dröhnenden Fernseher. Ein Vorteil für ihn, er musste sich nicht mehr anziehen. Obwohl, zu mindestens, das T-Shirt musste er wechseln, denn Dies, roch enorm nach Alkohol und Schweiss.

Der Plan für Heute, war folgender: einen günstigen, billigen Kastenwagen kaufen, stattdessen einen zu klauen, was Jim vorschlug, denn seiner Meinung nach, barg das schon enorme Risiken am Anfang der Operation.

Und wieso überhaupt, kam Jim auf so eine stupide Idee. Danach die Waffen schussbereit und geladen vorzubereiten, das Fahrzeug mit den Waffen und dem allerlei Militärzubehör, wie private Kleidung usw. unauffällig beladen vor den neugierigen Nachbarn.

Er befand zudem, das meiste Militärmaterial mitzunehmen, er konnte es zeitlich nicht erlauben, sowie leisten, nochmals zurückzukehren, um vergessenes Material zu holen, oder irgendwo Waffen und Munition zu organisieren.

Die Zeit war absolut zu knapp, absolut.

Er wollte die Operation professionell planen und organisieren, wie es einem Profi der Armee gehörte.

Francis ermahnte sich nebenbei noch, dass die USA

kein Kriegsschauplatz, und der Auftrag im eigenen Land war.
Nach der kompletten Beladung sass er an seinen Bürotisch um die Akte Danny Chester und die zusätzlichen Informationen welche Jim niedergeschrieben hatte zu studieren an. Letztendlich, sah er die Abfahrt nach Detroit für morgen um 8.30 Uhr vor.

Francis legte die Papiere über Danny Chester beiseite, viel Gescheites stand nicht darin, geschweige von genügend Informationen.
Er hoffte, mehr über die Hackerangriffe und die geklauten Daten zu erfahren, fand aber kein einziges Wort darüber, in keinem einzigen verdammten Blatt.
Ganz klar, die Bläckybank wollte ihm, die genauen Beweggründe und Hintergründe für die Eliminierung von Danny nicht mitteilen.
Unglaublich.
Er musste sich auf die Worte von Jim verlassen und begnügen, passte ihm ganz und gar nicht. Für ihn bedeutete es viel, warum er Danny Chester aus dem Weg räumen sollte, umso mehr, er persönlich hinter seinen Handlungen und den Auftragsmord stehen konnte, desto besser für sein inneres Gewissen, nur die Bezahlung von 1-Million Dollar und Gold reichte ihm eigentlich nicht aus.
Nun gut, die Situation ist halt mal so, und erfordert darauffolgend auch taten, er gab Jim das Ehrenwort.
Jim nochmals zu kontaktieren, machte keinen Sinn, da er mit einer nochmaligen unzufriedeneren

Antwort rechnen musste. Zumal auch Jim, ausdrücklich mitgeteilt hatte, nur bei einem Notfall, die Kontaktaufnahme zu vollziehen.

Zum guten Glück befanden sich einige sehr gute und aktuelle Fotos von Chester in der Akte, mit unterschiedlichen Nahaufnahmen. Denn, eine Verwechslung kam einer Katastrophe gleich.

In Gedanken versunken drückte Tenner automatisch den Knopf der Fernbedienung des Fernsehers, suchte so lange nach einem geeigneten Film, bis er bei American Pie angelangte. American Pie war jetzt genau das Richtige, ein humorvoller Film, denn auf einen Krimi, Action oder Kriegsfilm hatte er überhaupt keinen Bock, denn, in den nächsten Tagen würde er zu 100 % genug Aktion erleben.

Eine wohltuende Ablenkung für seinen Kopf, denn er merkte wie zunehmend der Druck schleichend für diesen nicht alltäglichen Auftrag zunahm. Viele Fragen blieben offen, und unvorhergesehene Faktoren waren vorhanden, für die Bewältigung dessen Auftrages.

Seine Stimmung erhellte sich nach dem Film, brachte ihm Entspannung, machte ihn müde, er erwischte sich sogar dabei, dass er ab und zu, lachte.

Der Alkoholkonsum behielt er den ganzen Tag zu seiner Zufriedenheit gut unter Kontrolle, während dem Film trank er lediglich zwei Bier, er musste morgen und in den nächsten Tag absolut fit sein, gar keine Frage. Er vereinbarte mit sich selbst, den

Alkoholkonsum auf das Minimum zu beschränken, denn er durfte auf gar keinen Fall Versagen. Er ging nun um 23.00 Uhr zu Bett, denn Morgen begann die wirkliche Arbeit. In Gedanken versunken blieb Francis lange Zeit wach, starrte die Decke an, fand einfach keinen Schlaf, wälzte sich hin und her, ging zwischendurch eine rauchen, bis er schlussendlich um 2.00 Uhr morgens seinen Schlaf fand.

11.November. Francis stand erstaunlicherweise wie von Geisterhand aufgeweckt, um Punkt 7.00 Uhr genau auf. Sein Körper fühlte sich Gelassen und Erholt an, er hatte tatsächlich nach 2.00 Uhr morgens den Tiefschlaf gefunden. Er nahm sich vor, die Gelassenheit für den ganzen Tag aufrechtzuerhalten, besser gesagt und warum nicht für die ganze Operation und für sein restliches Leben, denn bei Stress, Druck und unüberlegtes handeln passierten die meisten und groben Fehler.
Er zog ein paar blaue Jeans, brauner Wollpullover, dunkelbraune Winterjacke, sowie ein paar moderne braune Arbeitsschuhe an, sowie eben halt der durchschnittliche Amerikaner gekleidet war.
Alle Vorbereitungen für die Abfahrt hatte er vorgesorgt, ohne noch lange zu überlegen und verweilen in der Wohnung, trat Francis aus der Wohnungstür, stieg in seinen Kastenwagen und brauste davon. Francis schätzte für die reine Fahrzeit von Chicago nach Detroit, auf fünf bis sechs Stunden ein.

Die Stadt Detroit selber kannte er nicht, besuchte sie zweimal insgesamt, mit paar Kollegen auf den nationalen bekannten Automessen.

Also eine Grossstadt, die er absolut nicht kannte, nur wenig Zeit um den Auftrag auszuführen, Dies machte Francis Sorgen und Kopfzerbrechen.

Also ein absolutes, unbekanntes Terrain für ihn, diese Grossstadt Detroit mit um die 680 Tausend Einwohnern. Zum guten Glück, keine Millionenstadt. Liegt direkt an der kanadischen Grenze, am Detroit River zwischen dem Lake St. Clair und dem Eriesee. Die Fläche umfasst 320.02 Quadratkilometer, grösste Stadt im US-Bundesstaat Michigan, mit 82.7 Prozent Afroamerikaner, einer der grössten schwarzen Gemeinden.

Mit den Afroamerikanern kam Francis meistens immer gut aus, da eine grosse Anzahl auch in der Armee vertreten war, mit dem gleichen Sinn, Zweck und Ziel, dem Vaterland zu dienen.

Jedenfalls, nach kurzer Fahrtzeit, hielt Francis am Strassenrand an, nicht einmal die Stadtgrenze Chicago verlassen, dachte sich Francis und fragte sich warum er mit angezogener Winterjacke am Steuer sass, jetzt Diese auszog und sich den Schweiss von der Stirn wischte.

Die Fahrt konnte nun endlich wieder weitergehen, er hoffte jetzt ohne Unterbrechungen, die Zeit war knapp.

Francis erreichte nach kurzer Zeit den Highway 90 East, fuhr danach weiter auf dem Highway 94, verliess Diesen schon nach anderthalbstündiger

Autofahrt um in der Stadt Michigan City einige Besorgungen zu erledigen.

Nach kurzer Zeit fand er auch den Laden an der E Barker Ave, es war ein bekannter Verkleidungs-und Kostümladen, recherchiert aus dem Internet. Dort deckte er sich mit Perücken, Schminkartikel, Kopfbedeckungen und verschiedene Kleidungsstücke ein.

Nach einstündigem Einkauf fuhr Francis wieder auf den Highway 94 Richtung Detroit, hielt aber nach kurzer Zeit auf einer Autobahnraststätte an.

Lief zu den Toiletten, zog die Perücke mit den langen schwarzen Haaren an, kaschierte sein Gesicht mit Schminke und einem Schnurrbart. Zog sich eine neue blaue zerrissene Hose an, sowie eine abgenutzte braune Jacke.

Die Idee mit der lädierten und abgenutzten Bekleidung kam Tenner während dem Autofahren in den Sinn, passte einfach zu den langen Haaren.

Er wollte einen mittellosen, alternativen und randständigen Mann darstellen. Zuvor, kam ihm noch die Idee, sich als eine Frau zu verkleiden.

Aber Das, ging ihm einfach zu weit und war unter seiner Würde, er war ein ehemaliger Soldat der US Armee und nicht eine dahergelaufene Tunte, da auch die Bekleidungszeit wie der Aufwand enorm hoch wären um sich in eine professionelle Frau zu verkleiden. Auch die Herausforderung für die Bewegungen einer Frau nachzuahmen und deren Verhalten, waren einfach zu hoch, geschweige noch die Stimme nachzuahmen usw.

Francis dachte sich, wieviel würde das Wort „nachzuahmen" in diesem Buch vorkommen, sehr wahrscheinlich nicht mehr oder selten, das pure Gegenteil von Dies und Dieser.....

Verwundert blickte er in den zerbrochenen Spiegel, erkannte sich fast nicht mehr. Zufrieden mit dem Resultat, kehrte er zum Auto zurück, brachte den Van zurück auf den Highway um schlussendlich ohne Unterbrechungen nach Detroit zu fahren. Während der Fahrt, erblickte er immer wieder, zwischendurch den Michigansee, bis zur Stadt Stevensville, ein Atemberaubender Ausblick mit sonnigen und stahlblauen Himmel, wie vorhergesagt vom Wetterbericht der Medien.

Er war schon längere Zeit nicht mehr verreist, hatte einfach die Schnauze voll davon für längere Zeit, da er früher, viel durch die Armee unterwegs und auf Reisen war. Das Ausland kannte er sehr wahrscheinlich, nein, ganz bestimmt sogar, viel besser als das eigene Land. Er genoss die Fahrt und die vorbeiziehenden Landschaften und fragte sich immer wieder ob der Entscheid richtig oder falsch war, diesen Auftrag von Jim Stayli anzunehmen, denn Dieser könnte und wird wegweisend für sein weiteres Leben sein. In Anbetracht des vielen Geldes sowieso, die negativen Eventualitäten vorerst ausser Acht gelassen. Er empfand im Nachhinein, zu schnell entschieden zu haben, dessen Anblick des vielen Geldes und die magische Anziehungskraft des polierten Goldbarrens.

Fragte sich, ob nicht auch ein anderer Weg in seinem Leben, ihn weiterbrachte, und warum er nicht mindestens einen Tag wartete, um über den Auftrag nachzudenken.

Die Zukunft wird es zeigen, er hatte sich dafür entschlossen, für ihn galt nun, kein Weg zurück. Er ermahnte sich: Der Auftrag wird durchgezogen ohne einen Gedanken darüber zu verlieren.

Die Autofahrt verlief bisher reibungslos, bis er nach dreieinhalb Stunden von weitem die Stadt Detroit erblickte, Verkehrsstaus blieben zum guten Glück aus. Ziel war die John R St. Auf dem Beifahrersitz lagen die Kartenausdrucke von Google Maps, Francis blickte jetzt fortwährend auf die Karte der Innenstadt. Francis ermahnte sich, auf den Straßenverkehr zu achten, einen Unfall konnte er sich nicht leisten, wie vor einige Minuten, als er zulange auf die Karte starrte.

Nur im letzten Augenblick trat er voll auf die Bremse, durch den Reflex, als er im Blickwinkel die Bremslichter vom vorderen Fahrzeug aufleuchten sah.

Konzentriere dich Francis, bald würde er auf den Highway 96 abbiegen. Sogleich wie seine Gedanken, erschien schon die Strassentafel, dann auch die Highway-Kreuzung. Francis blieb nicht lange auf dessen Highway, bis er zur nächsten Kreuzung gelangte, und fuhr auf den Highway 75, genauer gesagt Fisher Fwy. Die Strassentafel beschilderten die Innenstadt, Comerica Park, Fortfield usw.

Plötzlich, kurzerhand, stockte der Strassenverkehr vor der Abfahrt zum Comerica Park, jetzt nur noch Schrittgeschwindigkeit. Francis konnte sich eigentlich anhin nicht beklagen, die Autobahnfahrt war bis dahin, angenehm und locker gewesen, bis er weiter vorne eine Strassensperre der Polizei erblickte, gleichermassen verzog sich sein Gesicht zu einer Grimasse, der Magen verkrampfte sich. Er sass in der Falle, keine Ausweichmöglichkeit um aus der heiklen Situation zu entfliehen, keine Chance, er musste über sich, die Strassensperre ergehen lassen, nur nicht die Nerven verlieren.

Seine Gedanken übersprangen sich, sein Fahrzeug war ja nur mit reichlich Waffen und Munition vollgepackt, stellte ja einen Grosseinkauf voller Tüten an einem Samstagmorgen dar. Schweiss quoll aus seiner Stirn, als hätte irgendjemand auf Kommando einen Wasserhahnen aufgedreht, unbewusst zog Francis den Handrücken darüber.

Francis suchte, und ging unzählige Erklärungen durch, für sein Waffenarsenal, kam aber schlussendlich auf keine plausible Erklärung, als er kurzerhand, unerwartet schon, bei dem schwerbewaffneten Polizisten zum Stehen kam. Sein Herz pochte wie verrückt. Der Polizist blickte Francis in die Augen und kurz in das Wageninnere, bis er das Zeichen zur Weiterfahrt gab.

Francis war so extrem in sich gekehrt und in Gedanken versunken, dass er nur zögerlich auf das Gaspedal trat und weiterfuhr. So eine Scheisse auch, sein Puls raste immer noch, konnte fast nicht glauben, dass er so, dir nichts durchgewunken wurde, sogar kein einziger Wortwechsel fand statt, anscheinend suchten die Polizisten nur ein bestimmtes Fahrzeug oder Personen, welche glücklicherweise nicht auf ihn Zusprachen. Sonst wäre der Auftrag in kurzer Hand beendet oder verschoben. Francis merkte, dass beide Hände am Steuerrad zitterten und verkrampft waren, er probierte sich wieder zu beruhigen, einfach nicht mehr darüber nachdenken, sich auf den Auftrag konzentrieren. Nach einigen 100 Metern verliess er den Fisher Fwy, fuhr auf die John R St., gleich zur rechten war das Comerica Baseballstadion Stadion, die sportliche Heimat der MLB-Baseballmannschaft der Detroit Tigers. Eröffnet am 11.April 2000 mit genau 41 297 Plätzen. Er stellte schlussendlich das Fahrzeug auf den nächstmöglichen Parkplatz, um ein paarmal richtig tief und langsam durchzuatmen, um zu entspannen und den innerlichen Druck zu lösen. Nach 10 Minuten erholte er sich wieder, wie auch seine Gedanken und bekam wieder einen klaren Verstand. Er musste sich einfach zusammenreissen, professioneller die Sache angehen, nicht gleich die Nerven verlieren. Fluchte abermals heftig, um Dampf abzulassen, wie bei einer alten Dampflokomotive welche über ihre Leistungsgrenze hinweg berghinauf schoss, und schnaubte abermals wie ein Nilpferd. Der erste Tag begann ja wunderbar in Detroit, sagte sich Francis sarkastisch zu sich. Er merkte sein Alter, er war einfach dünnhäutiger geworden.

Der übermässige Alkoholkonsum in den letzten Jahren, erleichterte die Dünnhäutigkeit auch nicht eher, er kam schneller ins Rotieren und an den geistigen wie körperlichen Anschlag als früher. Francis startete den Motor von neuem, fuhr die John R St. weiter hinauf vorbei am Michigan Science Center, dahinter gelegen das Charles H. Wright Museum of African American History. Sah das Café DIA. Ein, oder zwei starke Kaffee, konnte er jetzt gut gebrauchen, nach der langen Fahrt und den Stress. Durch die grossen Fenster des Cafés, sah er, wie allmählich die Nacht über die Stadt hereinbrach. Sein Ziel, vor Sonnenuntergang den Wohnsitz von Chester zu erreichen, verpasste er knapp. Er liess sein Fahrzeug an Ort und Stelle stehen, ging zu Fuss die John R St. weiter hinauf, bog in die E Ferry St., gelangte nach einigen hundert Metern an die Beaubien St..

Lief dann die Beaubien Street herunter Richtung Innenstadt, bis genau an die Ecke Beaubien und Kyrbystreet, da stand der heruntergekommene Wohnblock mit der Adresse 443 e, Kyrby Street. Francis erkannte den Wohnblock gleich durch die Fotos von Chesters Unterlagen. Eine zwei Meter hohe Bretterwand umrundete den alten sechsstöckigen Wohnblock aus dem achtzehnten Jahrhundert, eine all zu früh errichtete Bauabsperrung, mit der Annahme ein Hochhaus, in der kürzesten Zeit aufzurichten, in einer Wohngegend mit niedrigen Häusern.

Architekt und Bauherrschaft hatten die Stadtverwaltung in der Planung zu wenig eingerechnet. Über Ebay ersteigerte sich Chester das Wohnrecht für den gesamten Block mit der geraden lächerlichen 1000 Dollar pro Jahresmiete, bis die Bauherrschaft die Bewilligung für die Errichtung des Neubaus durch die Stadtverwaltung erhielt. Durch die Versteigerung des Wohnrechts, verkalkulierte sich der Eigentümer um ein weiteres Mal, glaubte ein gutes Geschäft über Ebay abzuschliessen, bis die Baubewilligung erteilt wurde. Unglaublich, dachte sich Francis, was nicht alles in Ebay versteigert wurde, da hatte Chester einen guten Deal abgeschlossen mit einer Monatsmiete von gerade 83.33 Dollar. Francis lief gemächlich die Strasse hoch und runter, tastete die Gegend ab, und speicherte die nahe Umgebung in seinem Kopf ab. Für einen Samstagabend, waren nicht gerade viele Leute unterwegs, auch der Verkehr hielt sich in Grenzen.

Genau auf der gegenüberliegenden Strassenseite von Chester, stand erst ein kürzlich errichteter Wohnblock mit geschätzten 14 Stockwerken. Eine nicht schlechte Ausgangslage für Francis, dachte er sich. Mehrere Wohnblocks mit Läden und Cafés befanden sich hier und der näheren Umgebung, und bildeten eine Art Zentrum für das Quartier, ansonsten war es eine Gegend mit Einfamilienhäuser für gutbetuchte Stadtbewohner mit kurzem Fahrweg zur Innenstand von Detroit.

Gleich unterhalb von Dannys Wohnblock befand sich der Peck Park
sowie ein College for creative Studies und College of Art and Design Library in seiner Nähe an der Brush Street. Also, trotzdem eine aktive und lebendige Gegend mit vielen Menschen.

Es war schon 8 Uhr abends, als Francis zum Auto zurückkehrte, heute vor Ort oder Vorbereitungen irgendwelcher Art vorzunehmen, machten keinen Sinn. Beim Transporter angekommen, fuhr Francis den gleichen Weg zurück auf der John R Street Richtung Down Town, erreichte die Tempel St. bis er beim Motor City Casino Hotel vorfuhr, checkte in und buchte vorerst für 3 Nächte. Das Hotel The Inn on Ferry Street in unmittelbarer Nähe von Danny Chester war ihm zu riskant und nachvollziehbar. Das grosse Hotel bot Francis eine gewisse Anonymität und Luxus, welcher er schon in Chicago genossen hatte.

Wenn er jetzt schon so viel Geld besass, wollte er auch die verbundenen Annehmlichkeiten des Lebens voll auskosten, wieso auch nicht. Ganz klar war jeden Fall Eines für ihn, das Geld für irgendwelchen Blödsinn auszugeben, kam strikt nicht in Frage.

Er bezog sein Zimmer und richtete sich kurzerhand ein, um sogleich wieder aus dem Zimmer zu treten, Ziel das Hotel eigene Restaurant. Nach dem T-Bone Steak, Pommes mit anschliessendem Glace, lehnte sich Francis gemütlich zurück. Spürte die Müdigkeit die langsam in seinen Gliedern von Fuss aufwärts zu seinem Körper kroch, der Tag hatte es in sich, mit der langen Fahrt von Chicago nach Detroit, mit der zusätzlichen Kontrolle der Strassensperre. Er blieb noch eine Weile sitzen. Nach der Bezahlung, erfuhr er durch die charmante Bedienung, dass ein Hotel Eigenes Casino im Hotel vorhanden war, gab ihm einen 20 Dollar Jeton, spendiert vom Haus, um es mal bei einer Slotmaschine zu versuchen. Anstatt sich mit der Akte Danny Chester weiterhin zu beschäftigen, wie er es eigentlich vorsah nach dem Essen, liess er es sich einfach heute Abend gut gehen bei einem Bier und einem einarmigen Banditen. Drückte nacheinander Ein-Dollar Münzen in den Automaten, entspannte sich, bis er nach einiger Zeit, spät in der Nacht ohne grossen Gewinn, aber auch ohne grossen Verlust sich ins Bett fallen liess.

20. Francis Tenner in Aktion, 12. November

Am nächsten Tag, um 8.00 morgens, stand er wieder vor Danny Chesters Haus. Francis behagte die Lage überhaupt nicht, er empfand ein ungutes Gefühl. Die Zeit drängte ihn, Jim machte ihm klar, deutlich klar, dass der Auftrag bis spätestens den 15. November erfüllt sein sollte. So eine Scheisse, für eine grosse Planung, blieb ihm einfach zu wenig Zeit übrig.

Er ermahnte sich jetzt, er durfte nicht allzu lange am gleichen Punkt, vor dem alten Wohnblock stehen bleiben, denn mit der Zeit würde er auffallen. Er lief nun zum schräg gegenüberliegenden Café. Der Wetterbericht behielt recht, bei immer noch stahlblauen Himmel mit angenehmen Sonnenstrahlen und einigermassen angenehmen Temperaturen, nahm er in der noch geöffneten Aussenterasse Platz. Er bestellte sich einen Kaffee und ein reichhaltiges Morgenessen.

Francis begann für die Strategie und Planung zur Eliminierung von Danny Chester nachzudenken. Wie, und aus welcher Position konnte er die Zielperson mit all zu wenig Aufsehen eliminieren. Die Uhrzeit spielte auch eine Rolle, am morgen früh, am Tag, am Abend oder in der Nacht.

Was für ihn natürlich ausgesprochen wichtig war, ohne Zeugen, und am liebsten genügend Vorsprung bevor die Einsatzkräfte eintrafen oder das Verschwinden von Chester bekannt wurde.

Das heisst, keine Frage, er musste Chester in seinem eigenen Haus töten.

Die Idee mit dem Scharfschützengewehr konnte er vorweg zu diesem Zeitpunkt vergessen und abschminken.

Wie kam Jim auf so eine abstruse Idee?

Nur Eins, war jedenfalls für ihn Wichtig, zu vermeiden, dass Chester so bald wie möglich gefunden wurde.

Womöglich, musste er ihn, ausserhalb der Stadt Tod beseitigen. Wie auch immer, denn nach einiger, gewisser Zeit, würden ihn vermutlich vorerst die Freundin, wenn vorhanden, Familie, Freunde oder allerspätestens der Arbeitgeber vermissen usw.

Eine Sache war klar, wie auch definierbar. Chester verlässt das Haus am Morgen und kam am Abend oder in der Nacht von der Arbeit oder vom Ausgang nach Hause zurück.

Danny Chester während der Arbeit oder Unterwegs zu beseitigen kam für Francis nicht in Frage, der Zeitaufwand war ihm einfach zu gross und mühsam.

Keine Frage, hier an Ort und Stelle, würde er die Sache durchziehen.

Aber nur Wie, ist die Frage.

Eine ganz einfache Möglichkeit wäre bei ihm zu klingeln, dann bei geöffneter Tür mit Worten oder roher Gewalt, Chester in den Flur zu drängen, um ihn dann alsbald mit der Pistole zu erschiessen. Meistens sind die einfachsten Lösungswege die Effektivsten.

Leider, und Dummerweise, besass er keinen Schalldämpfer für die Pistole, für das

Scharfschützengewehr schon, welches aber in einem Haus sehr unpraktisch und ineffektiv war. Diesen Schalldämpfer, jetzt für die Pistole noch zu besorgen, kam jetzt nicht in Frage. Die Idee, welche ihm gestern zugleich einfiel, beim Anblick des 14.Stöckigen Wohnblockes mit der gelblich hässlichen Farbe, wie auch von Jim Stayli vorgetragen, mit dem Einsatz des Scharfschützengewehrs stand jetzt nicht mehr an erster Stelle. Nun gut, die Möglichkeit aus der Distanz Chester zu erschiessen, ohne einen Lärmeffekt, musste, und konnte er trotzdem nicht ausser Acht lassen. Denn, einen allzu grossen Kontakt zu Chester, Lebendig oder Tod zu vermeiden, würden sein Gewissen, in naher und ferner Zukunft erleichtern.

Francis, in und mit wechselhaften Gedanken zum Auftrag, aufstehend zugleich, sah einen älteren Mann, an Chesters Wohnblock, wie auch an der Bretterwand herumlungern, welcher nach kurzer Zeit durch den alten bewachsenen Stahltorbogen in den Vorgarten trat, und zielstrebig zur Eingangstüre lief und die Klingel betätigte. Francis nahm die Chance wahr, überquerte die Strasse und lief zu der für ihn unbekannten Person hin, wartete auf ihn, bis Dieser wieder aus dem Stahltorbogen trat. „Entschuldigen Sie bitte, ich bin erst in die Stadt gezogen und werde ab kommenden Montag, meine neue Stelle bei der Ford Corporation antreten.

Ich konnte zurzeit, mich bei einem Kollegen unterbringen.
Da ich auf der Wohnungssuche bin, wollte ich Sie fragen, ob hier in der Gegend eine Wohnung frei ist."
Einer mit Falken-ähnlichem Gesicht, langer spitzen Nase und grauen Haaren, schaute Francis direkt ins Gesicht, schnauzte Francis für ihn aus unerklärlichen Gründen ungewohnt an, am liebsten hätte er ihm sogleich eine reingehauen.
"Keine Ahnung von freien Wohnungen.
Vielleicht dieses Arschloch Danny Chester von diesem heruntergekommenen Block hätte vielleicht eine Wohnung zu vermieten, wäre möglich.
Wie ist nochmals ihr Name?"
„Tut mir leid, ich habe mich gar nicht vorgestellt, meine Name ist Franc..." bis Tenner gleich einfiel, ob er wirklich so blöde sein kann seinen richtigen Namen zu nennen, konnte ihm gleich noch seine Adresse wie seine Absichten mitteilen"mein Name ist Jannik Fräser und arbeite für die Ford Corporation und bin für den Vertrieb von Fahrzeugen in den USA zuständig."
„AH OK" kam es nun mit einer wenigen aufgebrachteren Stimme zurück"für die Ford Corporation sagten Sie. Hören sie Herr Fräser, ich bin der Inhaber wie auch der Hauswart selbst von meinem 3.Stöckigen Wohnblockes," und zeigte Chester mit dem Zeigefinger seiner rechten Hand auf das rechts stehende Gebäude, neben dessen von Chesters Wohnblock. Ein herausgestrichener, heraus polierter Wohnblock, mit liebevollen Garten, dessen

Herrichtung und Pflege mit beträchtlichen Zeitaufwand eines Professionellen Gärtners, wenn nicht einer Firma gleichkam. „In einem Monat, wird bei mir, eine eigens hergerichtete schöne 4-Zimmerwohnung frei. Denn neben dem Ersten Arschloch namens Chester, ist unglaublicherweise ein zweites Arschloch namens Frozendy, als Mieter in meinem Wohnblock. Dessen mir, zahlreiche ausstehende Mietbeträge schuldet. Also, wenn Sie noch etwas Geduld hätten, könnte ich ihnen die Wohnung eventuell vermieten. Bringen sie mir einfach den letzten Mietvertrag, den Arbeitsvertrag, den Beatreibungsauszug... vorbei, womit eigentlich nichts mehr im Wege steht für eine Vermietung, denn Sie machen mir einen angenehmen Eindruck."

„Besten Dank". Sehr wahrscheinlich wollte Puschenko noch seine Kontoauszüge der Banken und die Anzahl von seinen wöchentlichen Sexuellen Aktivitäten mit der Dezibellautstärke usw. von ihm, bis schlussendlich überhaupt ein Mitvertrag zu Stande kam.

Puschenko selbst, stellte ein Arschloch dar, dass, war für Tenner sonnenklar. Nur konnte er Puschenko, Dies nicht mitteilen, womit das Gespräch sogleich beendet war, und er nichts mehr über Chester erfuhr. Jedenfalls, Francis Absichten waren klar, nach dem erlangten Vertrauen von Aris Puschenko, führte und leitete er das Gespräch fortwährend in Bezug auf Danny Chester und erfuhr folgendes.

Punkt 1: Chester bewohnte den kompletten Wohnblock alleine.
Punkt 2: Chester hatte keine Freundin und gelegentlich Besuch von Kollegen.
Punkt 3: Genau um 6.30 Uhr morgens, verliess er das Haus, und zwischen 17.15 Uhr und 18.00 Uhr kam er von der Arbeit zurück.
Punkt 4: Kam am Wochenende meistens spät in der Nacht nach Hause oder gar nicht.
Punkt 5: Nach Aussage von Puschenko war Chester ein Chaot und Sauhund, welcher sich überhaupt nicht um die Liegenschaft und Umgebung kümmerte, wie auch den liegengelassenen Abfall der Leute vor seinem Haus nicht zusammennahm.

Francis merkte gleich, dass Puschenko ein pingeliger, Nasen-reinsteckender, kontrollierender, perfektionistischer, ordnungsliebender und albtraummässiger Nachbar darstellte.

Francis Gefühl, tauchte nochmals auf, Puschenko an Ort und Stelle, Eine reinzuhauen.

Nach dem langen Gespräch, bis seine Ohren weh taten, und sein Kopf langsam dröhnte von fortwährendem Gerede Puschenkos, verzog sich Francis, bis er nach vier Stunden später, vor der Hauseingangstüre des genau gegenüberliegenden, gelben Wohnblockes stand.

Stellte bedauerlicherweise fest, dass die Eingangstüre verschlossen war.

Nun gut, er wartete einige Minuten, bis eine austretende Frau, die Tür öffnete, wo gleich er in das

Treppenhaus hineinschlüpfte, bevor Diese ins Schloss fiel. Solche Blocks hatten durch ihre Anonymität einen Vorteil, im Gegensatz zu einem Nachbar wie Puschenko, denn sie kümmerten sich meistens einen Scheiss über den nächstgelegenen Nachbar. Ein Vorteil für Francis, welcher, sicherlich ihm, zu Gute kam, hoffentlich.

Er betrat den Lift, drückte die Taste 14.Etage. Tenner staunte darüber, dass er die Etagenzahl des Gebäudes richtig geschätzt hatte.

Dort angelangt, lief er noch zwei Treppenabsätze hinauf, als er vor einer Tür gelangte, vermutete das Dies der Zugang zur Dachterrasse war. Sogleich kramte er aus dem Rucksack sein Einbruchswerkzeug, knackte das einfache Schloss in Sekundenschnelle, als gerade unterhalb von ihm, die Wohnungstüre aufging.

Gerade rechtzeitig, gelangte er auf die menschenleere Terrasse hinaus, und behielt Recht mit seiner Annahme.

Im Gegensatz zum modernen Wohnblock, standen auf der Terrasse hässliche Betonelemente für Lagerräume, nichts Neues auf dem Bau, um Geld zu sparen, wobei darin das Treppenhaus wie der Liftschacht integriert waren.

Francis, schaute von Aussen, durch die Fenster hinein. In den Räumen standen allerlei Gerümpel, Umzugskartons und nicht mehr benötigte Wäscheständer, wer auch wohl Niemand auf die Idee kam, bei so kaltem Wetter die Wäsche zu trocknen auf dem Dach, nochmals ein Vorteil, dachte sich

Francis. Kalter, mittelstarker Wind, blies Francis ins Gesicht, welcher er unten auf der Strasse, im Schutze der Gebäude nicht wahrgenommen hatte.
Er blieb eine Weile stehen.
Die Aussicht war Grandios, einfach phänomenal, er sah direkt auf die Wolkenkratzer der Innenstadt Detroits, dann auf die Seen, wie der nächstgelegene St.Clair, der Lake Erie, und gegen den Norden hin den Lake Huron, einer der grossen Seen, ahnte seinen Heimatsee am Horizont, den Lake Michigan zu sehen.
Kein einziges Gebäude, stand im direkten, nahen Blickwinkel. Der Block, war der Höchste im Viertel und näherliegender Umgebung.
Francis lief nun im Schutz der Lagerräume zum Betongeländer, blickte auf den Wohnblock Chester, und dann auf die Strasse hinunter.
Die Distanz war kein Problem für einen gezielten Schuss, aber mit dem Schusswinkel sah es ganz anders aus, denn der Abstand der Gebäude beinhaltete nur die Strasse, einfach zu wenig, um sicher zu gehen.
Das bedeutet, dass er Chester fast im senkrechten Winkel nach unten, beim betreten oder austreten des Gebäudes, erschiessen musste. Eine absolut, riskante Sache, einfach ein Glücksspiel, genauer gesagt ein Glücksschuss, auf Dies konnte er sich auf gar keinen Fall einlassen.
Man durfte auch nicht ausser Acht lassen, dass Chester ein bewegliches Ziel darstellte, und nicht eine Zielscheibe wie auf dem Schützenplatz, denn

Tenner stellte keinen Schützen für Ziele von einer Schiessbude auf einem Rummelplatz dar. Verdammt noch mal, dachte sich Francis. Nicht nur der Winkel war ein Problem, sondern auch die Dunkelheit, denn Chester ging morgen früh zur Arbeit, und am Abend nach Hause. Die Entfernung der nächsten Strassenlaterne zum Hauseingang, schätzte er auf mindestens 15 Meter ein. Francis, nahm aus seinem Rucksack den Feldstecher heraus, beobachtete Chesters Haus und Umgebung. Puschenko hatte Recht, allerlei Müll und Bauschutt lagen hinter der Bretterwand, nun gut der Block würde sowieso abgerissen, für was sollte man auch Zeit investieren. Beim Betrachten der Fassade, glaubte man fast, der Block würde in den nächsten Sekunden in sich hineinstürzen. Zahlreiche grosse Risse und Löcher von abgeplatzten Mörtel befanden sich darin. Unglaublich, dass die Stadtverwaltung nicht den Abriss des Gebäudes veranlasste. Beim hin und her schwenken des Feldstechers kam eine Gestalt in sein Blickfeld, die Fotos aus der Akte stimmten überein mit der Person, die gerade jetzt, die Strasse hinauflief. Endlich sah Francis, Danny Chester im Originale. Seine kurz erblickten, jungen Gesichtszüge, und die Art von Chester, fand Francis auf eine Art Sympathisch. Francis, kannte die Person persönlich überhaupt nicht, er empfand auch keinen persönlichen Groll gegen ihn, Dies machte seinem Gewissen im Unterbewusstsein zu schaffen für seinen Auftrag.

Der Auftrag wäre für ihn einfacher gewesen, wenn er einen persönlichen, schwerwiegenden Groll gegen Chester empfand, oder wusste, dass Chester ein bekannter Gangster und Mörder, oder sogar ein Terrorist war.

Wenn, nämlich dem so wäre, wäre Chester schon lange von der Polizei oder Staat erfasst und gefasst worden.

Das heisst, dass gegen Chester, keinen Strafbestand vorliegt.

Auf was, hatte er sich, Tenner nur eingelassen.

Diese verdammten Grosskonzerne, mit ihrem heiligen Schein nach Aussen hin, und mit massenweise Dreck am Stecken innen Drin.

Er verliess sich, auf eine Aussage einer Person, nun gut er kannte Jim, aber dennoch missfiel ihm dieser Auftrag.

Einfach lächerlich, die Aussage von Jim: einer Erpressung, halt muss mich korrigieren, einer angehenden Erpressung.

Unglaublich.

Gut er hatte die Akte gelesen, trotzdem, dennoch, blieb ihm Chester persönlich völlig unbekannt.

Francis ermahnte sich, für Sentimentalität hatte er keine Zeit.

Gerade, als Chester aus der Sicht von Tenners Fernglas, in eine Seitenstrasse abbog, erschrak Francis, als sein Handy klingelte. Bis er Dieses mühsam aus der Tasche zog, waren die Anruflaute verstummt, wie auch der Anruf selbst beendet.

Er sah auf das Display, kannte die Nummer nicht, ein wenig erstaunt, und fragend über den Anruf selbst, klingelte das Handy schon wieder, er erschrak abermals.

Francis nahm ab.

"Hallo Francis, wie läuft die Operation Chester?"

Überrascht über Jims Stimme, da auf seltene Kommunikationen seitens Stayli erwünscht war"

Hallo Jim, bin gerade Chesters Haus am Observieren auf dem Dach des gegenüberliegenden Blockes."

„Hast du Chester schon zu Gesicht bekommen."

„Erstaunlicherweise, gerade erst vor einigen Minuten, genauer gesagt Sekunden, vor deinen Anruf."

„Wirklich ein Zufall. Hör zu, ich rufe dich nicht Grundlos an, die Situation hat sich um einiges geändert."

„Wieso?" Ein ungutes Gefühl, tauchte per sofort bei Tenner auf, und dachte sich: verdammt nochmal, sicherlich noch einen Mehraufwand, zu diesem Auftrag Chester. Konnte er jetzt, absolut nicht gebrauchen, und dachte über eine grössere Entschädigung und Belohnung nach.

Viel Zeit, blieb ihm, nicht dafür, um darüber nachzudenken, denn schon begann Jim, weiter zu sprechen.

„Erstens, habe ich dir vergessen mitzuteilen, dass du nicht nur Chester erledigen sollst, sondern natürlich auch, sein ganzes Inventar vernichtest.

Das beinhaltet vorwiegend der Computer und die Dokumente mit den riskanten und vakanten Daten.

Denn sonst wäre die ganze Aktion für die Katze und Sinnlos. Was bringt es ihn zu töten, und überall lägen Beweismittel herum, was wiederum die Behörden ins Spiel bringen würde, für uns geradewegs ein Albtraum. Zweitens, über die Leiche, wie über den hinterlassenen Spuren, haben wir uns nicht ausführlich darüber ausgesprochen, Francis."

Scheisse dachte sich Francis, jetzt fangen erst recht die Probleme an.

Er glaubte, mit der Erschiessung von Chester, erledigte sich der Auftrag, was sonst schon, schwer genug war, und könnte die restlichen 500Tausend einkassieren, wie nicht zu vergessen den schön polierten Ein Kilo Goldbaren.

"Wie sieht nun dein tatsächlicher Plan aus?"

„Ich weiss, es ist komplizierter als ich angenommen hatte, denn mein Beruf besteht nicht darin eine kriminelle Vereinigung oder Firma zu leiten. Also folgendes Francis, du brichst mitten in der Nacht ein, betäubst ihn, und fesselst Chester mit Stricken ans Bett. Danach bringst du mit hochprozentigem Sprit die komplette Wohnung in Brand, wie das Gebäude selbst, um wirklich alles zu vernichten. Benutze eine Zündschnur um den Brand zu entfachen, damit du genügend Zeit hast, um aus dem Gebäude zu verschwinden, um dich dann schlussendlich aus dieser Stadt abzusetzen. Du musst dir aber ganz sicher sein, dass du Chester mit deiner Handlung auch vernichtest und tötest.

Das Problem ist noch, die Zeit läuft uns davon, durch reichliche Überlegungen, kam ich nur auf diesen effektivsten Lösungsweg. Das wäre schon alles, hast du noch eine Frage oder eine Idee dazu?"

Konnte Jim nicht noch blöder Fragen stellen, spricht wie aus einem Fantasieroman, und stellt noch die Frage ob ich noch Idee dazu hätte, unglaublich als sässe man miteinander in einer Bastelstunde. Am liebsten hätte er ihn gefragt, ob er wirklich so blöd wäre, in Sachen und Betreff Blödheit.

Francis dachte sich zuerst, mir doch Scheiss egal, bin ich ein verdammter Pyromane, bis nach einigen Sekunden das Gegenteil war.

"Ja, die Angelegenheit kompliziert sich um einiges. Ich verstehe natürlich dein Problem mit den riskanten Daten und Unterlagen. Aber wie sieht es mit möglichen Kopien der Daten, welche eventuell noch an einem anderen Ort hinterlegt wurden und sind?"

„Sehr unwahrscheinlich Francis. Mit dem Feuer sind zwei Fliegen mit einem Schlag erledigt. Denk daran, es ist wichtig, die ganze Wohnung niederzubrennen, wenn möglich, wie vorhin erwähnt, der ganze Wohnblock schlussendlich in Flammen steht für die Vernichtung jeglicher Beweise.

Denke doch mal selbst nach, keine Spuren und keinen Beweismitteln, somit sicherst du dich absolut ab.

Gut, eine absolute Sicherheit gibt es nicht, dass weisst du, sicherlich auch.

Arbeite unbedingt so Sauber wie es in deinen ganzen Möglichkeiten steht."

„OK Jim, aber ich bräuchte vielleicht noch, ein bisschen mehr Zeit?"

„Francis, die Zeitvorgabe, bleibt bestehen."

Scheisse, dachte sich Francis zum X-ten Mal. Es kann nur noch besser werden.

„Also Jim, alles klar, ansonsten rufe ich dich bei Fragen an."

„Nein, auf gar keinen Fall, zu Riskant. Für dich, ist nun der Auftrag klar, führe diesen so bald bis möglich akribisch und perfekt durch, du hast die Fähigkeit wie auch die Mittel dazu. Ich wünsche dir viel Glück, und auf ein baldiges Wiedersehen, mit anderen positiveren Umständen. Nochmals besten Dank. Auf Wiedersehen Francis.

„OK, auf ein zukünftiges Treffen alter Zeiten Willen, auf Wiedersehen Jim."

Francis legte Sinnbildlich, den Hörer, mit schlechter Laune auf, natürlich nicht Sinnbildlich.

Francis merkte jetzt, die aufsteigende Kälte in seinen Gliedern, durch den kalten unablässigen Wind, wo er, an Ort und Stelle frei stand.

Der Anruf von Jim verursachten viele Gedanken in ihm, brachten ihn durcheinander, bis er sich wieder zum eigentlichen Grund für die Betretung der Terrasse besann. An die Aussenfassade, klebte Francis mit Schnellkleber, die Hightech Kamera mit WLAN Verbindung und einem Stahlgehäuse zur Tarnung der Kamera an.

Nach der 5-Minütiger Anbringung der Kamera, beschloss Francis ins Hotel zurückzukehren, per Laptop den Empfang und die Aufnahme zu kontrollieren, wie auch des Zooms. Für den heutigen Tag, hatte er vor allem nach dem Anruf von Jim, die Schnauze voll. Er würde sich bei den Casino-Spielen für den restlichen Tag ablenken, wieso auch nicht.

21. Francis Tenner in Aktion, 13. November

Francis, klappte um 8.00 Uhr morgens den Laptop auf, denn nach der Ankunft im Hotel am gestrigen Tag, verspürte er überhaupt nicht mehr, die Aktion Kamera zu starten, lief direkt ins Casino und gewann mit grosser Freude 10 000 Dollar. Wenigstens ein Erfolg, dachte sich Francis und konnte die Frustration nach dem gestrigen Telefongespräch mit Jim und die Gedanken zum Auftragsmord an Chester, herunterspülen.

Er wäre drauf und dran gewesen, eine hohe Summe, oder wenn auch nicht, die 500Tausend Dollar auf dem Roulettetisch zu setzen, und auch drauf und dran gewesen die Aktion abzublasen und zu verschwinden.

Jedenfalls beruhigten und beschwichtigten ihn die Gedanken mit jedem Schluck Bier, bis er einen hohen und bestimmten Pegel an Alkohol intus hatte, um kurze Zeit später schlafen zu gehen.

Seine Träume plagten ihn die ganze Nacht, mit dem Inhalt von Feuer, wie er davor wegrannte um sein Leben zu retten, bis das Feuer ihn einholte und zu Asche vernichtete.

Im Halbschlaf wachte Francis auf, und glaubte in einem Bett aus Feuer zu legen.

Schweiss überströmt, lief er ins Badezimmer, und duschte kalt, bis er wieder bei Sinnen war, und sich ermahnte wieder den Alkoholkonsum zu unterlassen

oder zu mindestens auf das Minimum zu
beschränken.
Er sprach sich guten Mutes zu, dass Dies ein Traum in
dieser Nacht war, und nicht die Realität, ausser der
Auftrag mit der Vernichtung von Chester mit dem
Feuer.
Francis bemerkte und realisierte nicht,
wie er nacheinander Gläser voll Wasser in sich
hineinschüttete bis sein Bauch wehtat, mit dem
inneren Gefühl zu verdursten in einer verdammten
trockenen Wüste mit ewig scheinender Sonne ohne
Nacht.
Schluss mit den blöden Gedanken, er würde den
Auftrag für allemal durchziehen, aber auf seine Art
und Weise, er würde schon einen Weg finden, koste
es was es wolle, aber sicher nicht mit dem blöden
Feuer und Zünselei.
Er hatte keine Lust, sein Leben lang, von solchen
Albträumen geplagt zu werden.
Zurück zum Laptop, welcher er nun einschaltete und
auf das Feld Kamera tippte, um die Software zu
öffnen. Die Kamera filmte und zeichnete permanent
die Aktivitäten am, und um das Haus Chesters auf,
ununterbrochen.
Er sah im Schnelllauf die Aufnahme von 21.00 Uhr
gestern Abend bis heute in der Nacht 3.00 Uhr
morgens an. Denn die Kamera besass zusätzlich eine
Wärmebildkamera. Um 00.10 Uhr stoppte er den
Schnelllauf, spulte dann ein wenig zurück.
Um ca. 23.50 Uhr spät in der Nacht kam Danny
Chester durch die Haupteingangstüre nach Hause,

danach sah er wiederrum mit Hilfe der Wärmebildkamera, durch die Fenster des Gebäudes, eine Person hin und her schreiten bis 00.30 Uhr im 3.Stock.

Für Francis war es wichtig um zu erkennen, ob sich noch mehrere andere Personen im Gebäude aufhielten oder sogar Niedergelassen haben.

Sieht so aus, dass, Puschenko mit seiner Aussage recht behielt, dass Chester als einzige Person den ganzen Wohnblock beanspruchte.

Ein Luxus, wo eigentlich in den Grossstädten Wohnungsnot herrschte und die Mieten in die Höhe schossen.

Francis spulte vorwärts, und konnte erkennen, wie Chester dann heute Morgen 6.43 Uhr rasant das Haus verliess, anscheinend zu spät, für die Arbeitsaufnahme aufgestanden.

Um 11.12 Uhr, knackte Francis problemlos das Alte Schloss der Hauseingangstüre des Blockes und betrat Chesters Treppenhaus.

Stieg dann die morsche alte Holztreppe hinauf zum 3.Stock, erkannte zugleich die Wohnung von Chester, da eine neue Wohnungstüre angebracht wurde. Er klingelte zuerst, um festzustellen, dass wirklich niemand zu Hause war. Um dieses Schloss zu knacken, brauchte er doch einige Zeit, um keine Spuren zu hinterlassen.

Der Wohnblock war zum guten Glück menschenleer und Danny Chester bei der Arbeit, also genügend Zeit vorhanden.

Nach 15 Minuten sah sich Francis Tenner in der charmant, renovierten 3-Zimmerwohnung um. Ihn erstaunte der Gegensatz zum komplett heruntergekommenen Wohnblock. Im Büro von Dany Chester, stand eine moderne Computeranlage mit Hightech Geräten und mit mehreren Bildschirmen auf einem grossen Holztisch, wovon Francis nicht viel verstand.

Auch viele Ordner und schriftliche Unterlagen waren in den Regalen deponiert. Francis durchstöberte einige Unterlagen und erzielte bald einige Treffer, welche Informationen verschiedener internationaler Grosskonzerne enthielten, hauptsächlich Kontoauszüge, Transaktionsbeträge und verschiedene Bankdaten von Kunden, wie auch von der Bläckybank, womit Francis schon gar nichts anfangen konnte.

Jedenfalls, brauchte man Monate um diese Unterlagen zu studieren.

Francis fragte sich, warum Chester die Unterlagen und Informationen ausgedruckt hatte, in und mit der heutigen Zeit der verschiedenen Formen der Datenspeicherung und Datenträger.

Konnte ihm schlussendlich egal sein. Nahm sein Handy aus der Tasche und Fotografierte alle relevanten Gegenstände und Unterlagen, wie auch Seiten aus den Ordnern, um Chesters Aktivitäten festzuhalten.

Um eventuell wichtige Informationen und Fotos für Jim zu liefern, obwohl er, erstaunlicherweise ihn nicht dazu beauftragt hatte, konnte ihm auch schlussendlich, nochmals egal sein.

Beim Schlafzimmer angelangt und dessen Anblick, fragte sich Francis, wie sich Jim eigentlich die Vorgehensweise für die Beseitigung von Chester vorstellte. Es kotzte ihm sogleich richtig an.

Ohne noch weitere Gedanken darüber zu verlieren, durchsuchte er den restlichen Teil der Wohnung und fand keine relevanten oder wichtigen Gegenstände und Informationen usw. wie in Chesters Büro, die angebliche Schaltzentrale von Dany.

Nach etlichen Fotos knipsen, verliess er nun dessen Wohnung, und durchsuchte die restlichen Wohnungen des Wohnblockes.

Die Hauseingangstüren waren teils aufgebrochen oder gar nicht mehr vorhanden.

Die Wohnungen waren in einem maroden Zustand, unbewohnbar. Teilweise sah Francis in den Zimmern an der Decke, die alte Balkenkonstruktion, und abgefallener grossflächiger Verputz an den Wänden abgebröckelt auf dem Boden.

Mit dem Boden dasselbe, beim laufen achtete Francis, um nicht durch die morschen Bodenplatten einzusacken.

In einigen Zimmern befanden sich noch die verstaubten und teils stark verschmutzte Möblierungen, wie Stühle, Tische, Schränke, Sitzgruppen usw.

In einer Küche fand Francis auf der Ablage, sogar einen silbrigen alten Dollar aus dem Jahr 1912, welcher er sofort in seine Hosentasche steckte.

Das wichtigste befand Francis, dass er keine Indizien und Anzeichen für den Aufenthalt weiterer Personen fand, wie zum Beispiel herumliegender Kleider, Kosmetikartikel und in der heutigen Zeit einen Computer usw.

Diese Informationen wurden von Seite Jim nicht geliefert, Diese musste er sich selber beschaffen, denn er wollte nicht in die Geschichte der Stadt Detroit als Massenmörder und Brandstifter eingehen.

Francis nahm sich für die Besichtigung des Wohnblockes über 4 Stunden Zeit, von Dachgeschoss bis ganz unten im Keller. Die Besichtigung des Wohnblockes und die angesammelten Informationen, waren für ihn ein wichtiger Bestandteil seines Planes.

Danach trat Francis Tenner, unbeobachtet, wieder auf die Strasse und bequemte sich wieder im gegenüberliegenden Kaffee auf der Aussenterasse zu sitzen.

22. Geistesblitz durchfuhr Francis Tenner am 13. November

Während er schon eine Stunde dort sass, in vielerlei Gedanken versunken, traten plötzlich 2 Junge Menschen, vermutlich Studenten an den Tisch. Unterhielten sich mit Francis einige Minuten, bis er sie freundlich aufforderte Platz zu nehmen und ihnen Getränke bestellte bei der Bedienung. Nach 15 Minuten bedankten sich die jungen Herren bei Francis, hinterliessen ihm eine Broschüre und verschwanden.

Durch die Unterhaltung, und der erhaltenen Broschüre, durchfuhr ihn ein Geistesblitz. Durch die kürzlich per Zufall erhaltenen Informationen, würde er morgen am 14. November zur Tat schreiten und Chester am 15. November eliminieren, danach spät in der Nacht nach Chicago zurückfahren.

Er war froh, um zu wissen, dass er bald nach Hause fuhr, er hatte die Schnauze voll von Detroit, geschweige vom Auftrag. Obwohl diese Stadt Detroit, unter anderen Umständen, sicherlich eine interessante und schöne Stadt war.

Nicht zu vergessen, nach Erfüllung des Auftrages, konnte er die restlichen 500 Tausend Dollar mit Goldbarren, bei Jim am 15. November gleich einfordern, ansonsten, und nicht bei Bezahlung der 2 Tranche, stand ein neuer Name auf seiner Todesliste, Jim.......

Francis Tenner, als Hauptfigur, beanspruchte ab der Hälfte vom Buch Circle, den grössten Teil.
Nun, stellt sich die eigentliche und bedeutendste Frage, was für ein Geistblitz durchfuhr Francis Tenner, kann er die 2.Tanche einfordern?
Wie reagieren Jim Stayli und Don Brenner auf die Ausführung von Francis Tenner?
Konnte nun, die angehende Erpressung von Dany Chester verhindert werden?
Wie verläuft die Geschichte mit Sen Kanters, möglichen und angeblichen plötzlichen Reichtum, und kann er Mekenter aussen vor, lassen?
Wird Don Brenner sein geliebtes Auto jemals wieder zurückbekommen?
Was für neue Persönlichkeiten, Figuren und Hauptfiguren tauchen noch auf?

Sie lasen, Circle the beginning and the middle, Dies und Weiteres, erfahren Sie im letzten Buch der Trilogie, mit dem Titel, Circle the end.
Ich freue mich darauf, liebe Leserinnen und Leser, um Sie Wiederzusehen, um die restliche Geschichte, Countdown und Finale zu lesen und zu erfahren.

Besten Dank. Für Ihr Interesse an meiner Fantasie.
Realistisch und Möglich zugleich.
Stephan Purtschert

Autor Purtschert Stephan

Circle

Trilogie

Circle the beginning

Circle the middle

Circle the end

Klappentext

Spannung, Dialoge und Komplexität stetig steigernd. Die Handlung und Geschichte spielt sich in den USA ab.

Der Inhalt: Konzernbosse, der 30 erfolgreichsten internationalen Konzerne der Welt, treffen sich in Boston um über einen Hacker-Angriff und einer möglichen Erpressung zu beraten, um dann schlussendlich eine Entscheidung zu fällen. Präsident und Erfinder des Circles, Don Brenner (Hauptfigur), geht seinen eigenen Weg und beauftragt Jim Stayli, dessen Problem sich anzunehmen. Ex-Soldat Francis Tenner und Alkoholiker, bekommt einen Tag nach der Sitzung, unerwartet einen Anruf von Jim Stayli, und wird für einen Auftragsmord engagiert. Die Situation gerät immer mehr ausser Kontrolle, mit nachträglichen, fatalen Folgen. Lassen Sie sich auf ein Abenteuer ein, welches Definitiv Eins ist. Viel Spass beim lesen ...

Besten Dank. Für Ihr Interesse an meiner Fantasie. Realistisch und Möglich zugleich.

Stephan Purtschert

Informationen zum Autor:

Wichtig, ist das Buch, und nicht der Autor.
Mir persönlich, bedeutet es sehr viel, wenn das Buch gelesen wird, und Ich, der Leserin und Leser, einen neuen Horizont in der Gedankenwelt geöffnet habe. Jedenfalls bin ich 46 Jahre alt und las schon seit meiner Kinder-und Jugendzeit Romane. Schon seit einigen Jahren, schwebt mir in den Hintergedanken, einen Wirtschaftsthriller zu schreiben. Nun da bin ich. Circle, ist durch einen wirtschaftlichen, 10-jährigen, persönlichen Hintergrund entstanden. Ca. 80% sind Fantasie und 20% wahre Begebenheit. Viel Spass beim Lesen ...

Besten Dank. Für Ihr Interesse an meiner Fantasie. Realistisch und Möglich zugleich.

Stephan Purtschert